不機嫌なシンデレラ

ICHI
SENCHI
千地イチ

CHOCOLAT
BUNKO

ILLUSTRATION 小椋ムク

C O N T E N T S

1

——てんで駄目だ。

それは人事部の人間ではない俺にも、一目瞭然《いちもくりょうぜん》だった。

痩せて血色《けっしょく》の悪い頬、分厚《ぶあつ》い眼鏡の奥の目はほとんど影になっており、視線が交わらない。ブラシを通しただけの黒髪は重たく、量販店の安物スーツも、身体のサイズと合っていないせいで、野暮《やぼ》ったい印象しかなかった。

新卒採用の二次面接。その会場に現れた彼の姿に、俺の隣に座っている人事部長が、わずかに眉をひそめたのがわかった。

「佐山悠介《さやまゆうすけ》です、よろしくお願いします」

猫背のままの彼が名乗ったが、その声にはどこか険が混じって聞こえた。今日これまでに面接した学生たちも、一様に緊張こそしていたが、彼のそれには、まるで人との会話の交わし方を知らないような不自然さがあった。

「どうぞ、おかけください。安西《あんざい》です、よろしく」

そう声をかけると、佐山は静かに椅子に腰かける。所作は決して下品ではない。しかし鞄が駄目だ。使い古しのボロで、所々擦り切れている。革靴もほとんど履《は》きつぶしているし、靴下の色も——減点だ。

　履歴書を見やると、彼は東京都内の難関大学法学部に在籍している二十二歳。学歴だけでいえば、法曹界《ほうそうかい》や公務員を目指すのが一般的だろう。趣味の欄にいたっては、「勉強」とまで書いてある。なぜこの業界を志望しているのか理解しがたいが、同時にこの風貌《ふうぼう》の彼が、二次面接まで残った理由を察することもできた。

　しかし、学歴だけで通過できるのは、一次面接までが限界だ。残念ながら、彼がこの二次面接を通過することはない。

　世界的にも名のあるイギリス発のファッションブランド——『Roger Randolph』。その日本支社が数年前に改組した、この『ロジャーランドルフ・ジャパン株式会社』は、たとえ志望部署が人事や総務であっても、ファッションに対してここまで意識の低い人材を採用した過去はない。

　それでも万が一、この垢抜《あかぬ》けない青年にも、なにかとびきりの素質が隠れているとしたら——そんなドラマめいた淡い期待を抱いて面接を始めたものの、彼との会話はまるで弾《はず》まず、なにを尋《たず》ねても教科書通りのつまらない回答しか返ってこない。隣の部長がちらりと腕時計を見やるなり、俺に顎をしゃくって見せた。これ以上は時間の無駄だ。適当に面接を終わらせてくれ、という合図《あいず》である。

「ほかに、どこかべつのブランドは受けていますか？」

ありきたりな質問を投げると、佐山はうつむいたまま、「いえ」とつぶやく。そして咳払《せきばら》いのあと、「アパレルは、ここだけ、です」と、ぎこちなく言った。

続けていくつか質問を投げると、現在、佐山に出ている内定は既に八社あるということがわかった。どれも大手の一般企業で、俺には彼がこれ以上の就活を続ける理由はないように思えた。

「……佐山さん。それなら、どうしてこの会社を？」

俺はそれを最後の質問にした。少しばかり意地が悪く聞こえるような口ぶりだったかもしれない。彼はファッションに対する造詣《ぞうけい》どころか、わずかな興味すら持ち合わせていないように見え、その上、既に充分《じゅうぶん》すぎるほど就活の成果を出している。つまり彼がここに来たのは、単なる興味本位か、冷やかしなのではないか、という疑念《ぎねん》が湧《わ》いたからだ。

しかし佐山は、俺のそんな問いに悩む素振《そぶ》りを見せなかった。青白い顔を上げ、眼鏡の奥に潜《ひそ》んでいた、思いのほか透き通った瞳がようやく俺を見つめる。それから、薄い唇が動き、小さく「出会ってしまったので」と告げたのだ。

——出会ってしまったら、抗《あらが》えなかったのだ、と。

「…………」

それを聞いたとき、もっと、なにか尋ねなくては、という焦燥《しょうそう》に駆《か》られた。

しかしその焦りに思考が弾《はじ》け、言葉がなにも出てこない。そうしている間に、「それじゃあ、そろそろ」と言った部長によって、面接は切り上げられてしまった。

佐山悠介は、この二次面接を通過できないだろう。

けれど今日面接した何人もの就活生たちが、俺の記憶の中で霞《かす》んでいくのがわかった。

佐山のそのまなざしと、たった一言が、そうさせた。


その日、俺が面接官を務めることになったのは、偶然だった。

人事部にいる同期の嘉村《かむら》から呼び出され、休日にもかかわらず朝一で東京にある『ロジャーランドルフ・ジャパン』本社ビルに向かうと、彼いわく、緊急の会議とスケジュールがバッティングしてしまったため、新卒採用の面接官を代わりに引き受けてほしいとのことだった。

「急にそんなこと、困るよ。俺は販売部の人間だよ、入社してからずっと」

「休日に呼び出して、悪いと思ってるよ。でもほかに頼りになるやつがいなくてさ。部長も、安西なら構わないって合意済み。気に入った新卒がいれば、お前の部署に引っ張ってもいい」

「また、調子のいいことを」

嘉村は戸惑う俺の背をバシンと叩き、「まあいいじゃないか」と豪快《ごうかい》に笑う。明るくざっくばらんとした性格の彼は、入社時からの気の置けない友人のひとりだ。些細《ささい》な頼みごとには互いに慣れていたが、面接官という仕事は今までにない大役である。

「安西は真面目に考えすぎなんだ。新卒の採用面接なんて、子ども相手に、ちょいちょいっと喋ればいいだけじゃないか」

「ちょいちょいで新卒の人生を左右するわけにはいかないだろう」

「ほら、真面目だ。だからお前に頼むんだよ、信頼してる」

嘉村は腕時計を確認すると、「じゃあ、頼んだ」と言って去って行った。かくして俺は、その日一日、臨時《りんじ》の面接官を引き受けることになったのだ。

俺は本来、販売部の人間である。入社以来、販売員から始まり、店長を経て、現在は都内いくつかの『Roger Randolph』店舗のエリアマネージャーをしている。仕事柄、派遣《はけん》や契約社員の採用の場に立ち会うこともあったが、それと新卒採用はまるでわけが違っていた。彼らの若々しくギラギラとした熱意は凄まじく、そのサンドバッグとして長時間身を差し出すのは、想像以上に体力のいることだと思い知らされた。

そしてその日、最後の面接に現れたのが、佐山悠介だ。

地味な黒のリクルートスーツで面接会場にやって来たのは、彼だけだった。アパレル業界では珍《めずら》しくないことだが、この会社は就職説明会から私服を推奨《すいしょう》している。今日の面接でも、皆それぞれ気合の入った勝負服で自分のセンスをアピールしてきた。

とはいえ相手は学生だ。ブランドの服ばかりではなく、安物のコーディネイトで挑んできた学生も多くいる。けれど安い中にも、個性やトレンドを織り交ぜてくるのが定石《じょうせき》だ。佐山にはそれすらもなかった。

正直、佐山が現れたころには、俺も人事部長もそれまでの面接ですっかり疲弊《ひへい》していたし、趣向を凝《こ》らしたファッションを代わる代わる目の当たりにして、目が容量オーバーを訴えていた。だからだろう、佐山の姿はまるで、まぶしくきらびやかな今日という一日に落ちた、一点の黒いシミのように思えたのだ。

「最後の最後に、随分《ずいぶん》と風変わりな、気の抜ける子が来たもんだな」

面接を終え、佐山が退室したあと、人事部長は肩をすくめてそう言った。「どうです？」と佐山について尋ねると、彼は「まあ、ないだろう」と小さく笑う。わかり切った答えだ。しかし、「出会ってしまったって、……ロジャーのいったいなにに出会ったんでしょうね」

書類を片付けながら、聞きそびれてしまった疑問をつい口にする。部長はあくびを噛み殺しながら、「そんなことを言っていたか？」と首を傾げるだけだった。

確かに佐山には学歴以外になにもなかった。けれど、最後の質問に答えた彼の言葉や、重たい前髪の隙間《すきま》から、穢《けが》れのないビー玉のような瞳が俺を見たことが、今日聞いたどの就活生の張りのある声よりも、鮮烈《せんれつ》に俺の心に焼き付いている。

見た目の通り、ファッションそのものに対する強い興味関心は持ち合わせていないのだろう。けれどロジャーに出会ったことで、彼はわざわざ来なくてもいいこの場所までやって来た。そういうふうに、人生を捻《ね》じ曲げられてしまったのだ。

——出会ってしまったので。

その一言は、まるで一目惚れで初めての恋を知ってしまった、うぶな少年のような言い草ではないか。そのこそばゆい感覚が、大人になってしまった今の俺には、新鮮なものに感じられたのかもしれない。

「安西、今日はご苦労さん。面倒を押し付けられて、災難だったな」

「いえ、貴重な体験でしたよ」

労いにそう返すと、部長は困ったように眉尻を下げる。

「……安西。きみは柔和《にゅうわ》で、人柄がいい。そのせいで、こういった面倒を任されることも多いだろう。でもきみがいたおかげか、俺は心なしか気が楽だったよ。たぶん、就活生のみんなも……と言いたいところだが、女性はみんな、緊張気味だったかな」

その言葉の意味に気付けないほど、自分の美醜《びしゅう》について無自覚ではない。「そうでしたか？」とわざとらしくおどけて見せると、部長は声を立てて笑った。

「そうさ、色男。みんな俺のことなんか、少しも見やしなかった」

面接に使用した会議室をあとにする。季節は夏の終わりだった。室内は冷房が効いていたが、鼻の奥にじっとりとした雨の匂《にお》いを感じた。

窓の外には、東京のビル群が背負う夕焼けを暗い雲の塊《かたまり》が覆《おお》っている。その静かで重たい黒は、きらびやかな東京の街を飲み込もうとする、巨大な怪物のようにも見えた。佐山が連れてきた、黒いシミの怪物だ。

その後、俺は部長とともに人事部の会議に参加し、自分の部署に戻った。ついでとばかりに残っていた雑務《ざつむ》を消化し、そろそろ帰ろうかと思ったころには、すっかり日が沈み、時刻は夜の二十二時を過ぎたところだった。

荷物をまとめ、一階エントランスまで降りると、外はごうごうとした雨に見舞われ、シミの怪物の口の中を思わせる暗さと湿気《しっけ》に満ちていた。今朝の天気予報にはなかった雨だ、おそらく一時的な通り雨だろう。俺は雨が通り過ぎるのを待つことに決め、脚を止めた。

出入口付近には、俺と同じ雨止み待ちの小さな人だかりができていた。こなれたファッションに身を包むロジャーの社員たちの隅に、ぽつんと黒い影が落ちているのを見つけたとき、俺の頬は自然とにやけてしまった。まさかそんなはずはない、と一瞬は思いもしたが、その直後には、もう一度彼と話すチャンスだ、と心が弾んだのだ。

俺は立ち尽くしている佐山の横に並び、「ひどい雨だね」と声をかけた。佐山はほとんど顔を動かさないまま、視線だけで俺を見上げる。重たい前髪と、分厚い眼鏡のレンズの向こうにある目と視線がぶつかったが、彼はなにも言わず、愛想のいい表情を作ることすらしなかった。

「ええと、俺が誰かわかる？」

「……面接のときの」

「もう面接は終わっているんだ、なにを喋ったたっていい」

面接後に行われた会議で、二次面接の通過者が概《おおむ》ね決まったところだ。当然、佐山のことは話題にもならなかった。だから、今ここで俺と佐山がなにを話そうと、佐山の就活に影響はない。

佐山はしばらく訝しげに俺を見つめ、やがて「なら、構わなくていい」と、ぶっきらぼうに言った。

面接のときもそうだった。コミュニケーション能力に難ありの印象だが、かといっておどおどした様子はなく、会話もきちんと成り立っている。ただその突き放すような険のある喋り方は、どこか思春期の不機嫌《ふきげん》を思わせ、彼を年齢のわりに幼く見せている。

「こんな時間まで、ここにいたのかい？」

面接が終わってから、もう四時間以上が経過している。俺の問いに、佐山はばつが悪そうに唇を尖《とが》らせ、すねるような口調で言う。

「……帰りたくなくて、そのうち雨が降ってきてしまって」

俺は、彼の赤くなった耳たぶを見て察した。彼はひとりで何時間も、オフィスビルの中を見学していたのだ。そのことを知られて、恥じている。

「楽しかった？　入れるエリアも限られているだろう？　なにか面白いものは見られた？」

「………」

質問が多すぎたせいか、佐山は口を噤《つぐ》み、迷惑《めいわく》そうに俺を睨むだけだ。俺はなぜだかおかしくなってしまい、思わず「はは」と笑いを漏《も》らしてしまった。

「面接官に、ふつうそんな顔をしないだろう。きみは素直だな」

「結果にはかかわらないと言ったから」

「それもそうだ」

のんきな俺に呆れたように、彼はため息を吐いた。もうかかわり合いになりたくない、喋りたくない、逃げ帰りたい、そんな気持ちがありありと見て取れる。しかし、まだ雨脚が弱まる気配はない。

うつむいた彼のうなじは白く、華奢《きゃしゃ》だ。身体つきもほっそりとしており、そっぽを向いたその横顔にも、どこかまだ少年の面影を感じさせた。間近でその頼りなさを目の当たりにしたせいか、彼がひどく繊細な生き物のように思え、俺は彼を傷つけないよう、殊更《ことさら》優しい声色《こわいろ》を選んだ。

「聞きそびれたことがあるんだけど、いいかい」

むやみにからかうために、彼に声をかけたわけではなかった。佐山はイエスもノーも言わなかったが、構わずに続けた。

「面接のとき、きみは、出会ってしまったと言っただろう。ロジャーのなにに出会ったのか、ぜひ教えてほしい」

「どうして今ごろ、そんなこと」

「個人的な興味」

面接の最後、すぐにそれを尋ねることができなかったのは、佐山の静けさに圧倒《あっとう》されたからだと、時間が経った今になって思う。多くの就活生たちが、あらゆる質問に対する答えを口早に語って見せる中、佐山だけが言葉少なであった。それは余計な装飾がないぶん印象的だという見方もできるが、一方で明らかな説明不足であるとも感じていた。

けれど彼が雄弁《ゆうべん》に物を語れたとして、やはり面接の結果に変化はなかっただろう。だから、この質問は〝個人的な興味〟以外に言いようがなかった。

「………」

言いよどむ佐山ににっこりと笑みを送ると、俺に引き下がる気配がないのを察してか、彼はやがて、観念したようにぽつりと、「靴」と告げた。

「靴?」

「気に入ったロジャーの靴がある。初めて見たとき、この世に、こんなに美しいものがあるのかと思った。それで……」

その声は緊張に紛《まぎ》れることなく、面接の最後に話した彼の堂々たる姿と、ぴたりと重なった。不機嫌な響きを孕《はら》みながらも、乾いた大地にすっと染み込んでいく、澄《す》んだ水のような素直な音色だ。

「それで、ただ……、僕も、その世界に行けたらと思って……」

「……………」

しかしそれを、よくある話だとも思い、少なからず俺は落胆《らくたん》した。

この野暮ったい出で立ちに、勉強を趣味だと履歴書に書くほどだ。ほかには目もくれず、勉強漬けの人生を送ってきたのだろうと想像できる。そんな彼が、華《はな》やいだアパレル業界にふと心を惹かれる――まだこの歳だ、感受性も豊かだろう。そういう気の迷いが起きることは、さして珍しくもないことのように思えたのだ。

しかし、そんなふうに思ったとき、視界の端で銀の光が瞬いたのが見えた。佐山のシャツの首元、お世辞《せじ》にもセンスがいいとは言えない、ネクタイの結び目の奥で、なにかが光ったのだ。

「気づかなかった。きみ、シャツの第一ボタンだけ……」

彼のシャツには、プラスチックの白いボタンが並んでいる。しかし第一ボタンだけが、銀色のメタルボタンになっていた。それは、『Roger Randolph』を象徴する槍《やり》と盾《たて》のエンブレムが刻《きざ》まれたものだ。

まじまじと覗《のぞ》き込むと、佐山はボタンを隠すようにネクタイの結び目を掴《つか》んだ。そして視線を逸らし、言い訳をするように言う。

「これは、姉が買ったロジャーのジャケットについていた、予備のボタンだ。強請《ねだ》って、もらって、シャツを買い替えるたびに、自分で付け替えている。すごく、気に入っているから

「……」

「そんなに……」

そんなに、好きだったのか。『Roger Randolph』のボタンひとつに、わざわざそこまでの手間をかけるほど。

「自分が、みすぼらしい身なりだということはわかっている。けれど、僕の家は裕福《ゆうふく》ではないから、服が買えない。母が厳しくて、バイトも自由じゃない」

だから、もらったたったひとつのボタンを、大事に身に着けているのだ。

「すまない」

ひどく、悪いことをしたような気になって、つい謝罪が口をついて出た。佐山は俺を見ないまま言う。

「……なにに謝っているのか、わからない」

「きみは、さほどロジャーのことは好きじゃないと思っていた」

正直に告げた。場違いな学歴と身なりの上、アパレルブランドのエントリーは一社だけだと彼は言った。ファッションへの興味関心がない、冷やかしだろうとまで一度は彼を疑《うたが》った。

けれど、彼はファッションに興味がないわけではない。唯一《ゆいいつ》、『Roger Randolph』にしか、興味がないのだ。

「ロジャーのことは好きだ。そうでもなきゃ、わざわざ、こんな……」

——恥を晒《さら》しに、という言葉は、ほとんど声になっていなかった。

彼は傷つきながら、ここへ来たのだ。分不相応《ぶんふそうおう》な世界だと知っていて、ここまでやって来た。だからきっと、面接のあと、その名残惜《なごりお》しさに、すんなりと帰ることができなかったのだ。オフィスの限られたエリアを歩き回り、その風景を網膜《もうまく》に焼き付け、雰囲気を味わい、匂いを嗅《か》ぐ。そんなことに時間費やし、日が暮れるのにも気づかないほど、彼はロジャーに執着《しゅうちゃく》している。

「…………」

なにか言葉をかけなければ、と気持ちが急いた。しかし二次面接の結果が伝えられない以上、慰《なぐさ》めるのも違うと思うと、言葉に詰まる。そのうちに、首元を押さえたままの佐山が、「もう、行く」と小さくつぶやいた。

「行くって、傘は。まだ雨が……」

「走る、駅まで」

佐山はそう言って、二歩前へ出る。思わず引き留めようと手を伸ばしたとき、彼がふと口を開いた。

「安西さん。今日は、会えて嬉しかった」

「え……?」

「安西慶治《よしはる》——『Roger Randolph』を代表するモデルのひとりだった」

佐山は俺を振り返り、そう言った。

「……よく、知っていたね」

それは、今日面接した誰にも気づかれなかったことだ。それが当然だと思っていた。なにせ、自分がロジャーのモデルをしていたのは、今から七年も前——佐山がまだ中学生のころのことだ。

「得意なんだ。勉強なら」

「それは、……なるほど、納得だ」

ロジャーの靴に心を惹かれ、ただちょっと好きになっただけなら、きっと俺のことなど知らなかったはずだ。佐山は『Roger Randolph』を愛している。きっと今日会った誰よりも、不器用なりに、自分らしく、愛しているのだ。

「佐山」

彼の名前を口にする、俺の声は上ずっていた。たぶん興奮《こうふん》していた。『Roger Randolph』は、もう俺の人生の一部だ。そのロジャーを、俺にとっての当たり前を、こんなふうに愛している人がいるのだと知って、嬉しかった。まるで自分のことを讃《たた》えられているような、そんな誇《ほこ》らしい気分にもなった。

「……その、もし、受かったら、きみはロジャーに来てくれるのか？」

既にもらっている、八社もの大手企業の内定を蹴ってでも。

俺の問いかけに、分厚い眼鏡の奥の目が、俺を捉える。薄い唇が動き、そのひとときだけ、激しいはずの雨音はどうしてか聞こえなくなった。静寂《せいじゃく》に落ちる、佐山の声もまた静かだ。

「……もし、受かったら、そんな素晴らしいことはない」

佐山はもう数歩、俺から遠ざかり、エントランスの外へと出た。

重たい雨が佐山を濡らし、遠くで雷雲が低く唸りを上げるのが聞こえた。その大きな闇《やみ》を背負った佐山の、穢れのないビー玉の瞳が、真っ直ぐに俺を見つめていた。

「さよなら」

その声は切なく響き、すぐに雨粒の弾ける音に打たれて消えていく。

佐山はその一瞬だけ、わずかに微笑《ほほえ》んだ気がした。自分がロジャーに受からないと、わかっているのだ。だからそんな表情で、そんな声で、真っ直ぐに「さよなら」が言えるのだと思った。

＊　＊　＊

その床の上に足の指が触れたときのことを、今でも鮮明《せんめい》に覚えている。

レイピアのような細く鋭い氷柱《つらら》に、つま先から脳天までをいっきに貫《つらぬ》かれるような、きんと冷たく鋭い衝撃。脳が痺《しび》れ、強い眩暈《めまい》に襲われたが、気を失うことは許されなかった。

重たく響くＢＧＭに胃を打たれ、カメラのフラッシュに肌を焼かれながら、俺は普段通り、真っ直ぐに前だけを見据《みす》えて歩くことに専念した。

　会場中がどよめいたような気もするし、誰かが俺の姿を嗤《わら》った気もした。けれど、そのときの俺にできることは、ただそうして歩くことだけだった。そのほかに、俺にはなにもなかった。真っ白の頭が、ただ歩け、歩けと、壊れたみたいに全身に信号を送り続けていた。

　得体の知れない薄ら寒さが、俺の肌を粟立《あわだ》たせた。けれどその悪寒《おかん》とはべつに、全身から汗が噴き出すのがわかった。湧き上がる羞恥《しゅうち》と静かな怒りで、全身に巡る血は熱され、脳がとろけてしまいそうだった。

　終わりだ――その絶望に向かって、俺は歩いている。

　その日のショーで、裸足のままランウェイを歩いたのは俺だけだった。

　それがモデル・安西慶治にとって、『Roger Randolph』最後のランウェイになった。


　目が覚めたとき、毛布から足のつま先がはみ出ていた。大きめのベッドを使っているが、百八十六センチの身長と、二十九センチの足のサイズでは、冬場はこうして足先の冷たさで目が覚めることがある。

　あくびを噛み殺しながら、毛布の中から腕だけを伸ばし、鳴る数分前の目覚まし時計を手探りで止める。次いで、サイドテーブルの上に並べてあるリモコンで、暖房とテレビをつけた。いつものニュース番組を耳で聞きながら、重たい身体を叱咤《しった》し、起き上がるまで、決まっていつも三分かかる。

素足がフローリングの床に着くと、きんと冷たい感触がつま先を痺れさせた。あれから何度目の冬だろう。若き日のことを思い出してしまうから、俺は冬が来るたび憂鬱《ゆううつ》になるのだった。

ベッドから出て、顔を洗い髭を剃った。カーテンを開け、クローゼットの中から服を選ぶ。まず『Roger Randolph』今季の新作ジャケットを引き抜く。セットアップのボトムもあるが、あえてジーンズと合わせることにした。今日は少し移動がある、靴もスニーカーにしてしまおう。

ひとり暮らしの1DKは、身体のサイズに合わせ、立地よりも広さで選んだ。たまに同僚が部屋に遊びに来ると、あまりの物の少なさに、「モデルルームみたいだ」と言い、決まって「安西らしい」と苦笑いされる。

部屋が綺麗に片付いているのは、散らかすような趣味がないからだった。本や音楽はデータに移行しているし、これといった収集癖や凝り性もない。洋服はもちろん好きであれこれと取り寄せるが、クローゼットに入りきらなくなったぶんは早々に人に譲るか処分してしまう。同《どう》棲《せい》していた女性が出ていってしまった二年前の冬までは、この部屋ももう少し生活感があり、散らかっていた気がした。

朝食を軽く済ませると、そろそろ家を出る時間だ。姿見の前で全身をチェックしてから、壁にかかった五着の一軍アウターから、今日は赤のチェック柄のコートを選んだ。柄は派手《はで》だが、形はシンプルでスマート。ストンとした直線的な自分の体形にマッチしている。それに、柄の強さは俺の顔を食うほどではないし、肌や髪の色によく馴染むのだ。

ストールを巻き、ストールピンを飾りにつけた。ピンはレディースのアイテムだったが、ロジャーの槍と盾の無骨《ぶこつ》なエンブレムが華やか過ぎず、気に入っていた。

マンションを出ると、吐いた息が白く曇った。一月も半ばに差し掛かるころだ。当然真冬の寒さだが、そろそろ春物の服を用意しなければならない。過ぎるほど早い季節感が、アパレル業界の常識である。

一九七六年、イギリス発の『Roger Randolph』は、アヴァンギャルドさを孕んだクラシック&エレガントなデザインで知られる、世界的にも有名なファッションブランドのひとつだ。槍と盾のエンブレムがブランドロゴとなっており、レディース、メンズの洋服はもちろんのこと、鞄や時計、アクセサリーなどのファッション雑貨に至るまで、幅広いアイテムの創出を続けている。

俺が『ロジャーランドルフ・ジャパン』に新卒入社したのは、もちろん洋服が好きだったこともあるが、ファッション雑誌でモデルをしていた大学時代に、日本でのロジャーの広告モデルに抜擢《ばってき》された影響が大きい。

最初こそ雑誌のほんの数ページを飾る広告モデルに過ぎなかったが、銀座や六本木の巨大広告で自分の顔を見るようになるまでに、さほど時間はかからなかった。

それまではなんとなく、周囲にもてはやされて続けていたモデルだったが、それらを見上げて、漠然《ばくぜん》と「俺はロジャーの人間なのだ」と思ったのが始まりだった。もちろんそれは若かったせいだが、今年三十三歳になろうという今も後悔はしていないのだから、その思い込みも、今のところ間違いではなかったようだ。

「あなたって顔がいいのよ。すっきりしていて、甘いのに、憂いがある。ロジャーの毒が、よく似合うわ」

当時俺をロジャーのモデルに選んだイギリス本社のスタッフは、会ったときにそんなようなことを早口の英語で言った。俺の顔はさほど彫りも深くなく、派手ではなかったので、それはもしかしたら〝わびさび〟のような趣《おもむき》があるということだったのかもしれない。

それからは小さなショーでの仕事もするようになり、一時期はそれなりの脚光《きゃっこう》を浴《あ》びたが、モデルの寿命とは短いものだ。それだけで食べていけるほど甘い世界ではないと理解していたので、ほかの学生と同様に就活をしたところ、難なく『ロジャーランドルフ・ジャパン』への入社が決まった。元々アパレル業界に入るつもりでいたし、俺を選んでくれたロジャーで働くことは、俺にとって馴染みがよく、なんの疑問も抱かないほど当たり前のことでもあった。

そして販売員をする傍らで、新作が出るたびにちょっとしたショーのランウェイを歩き、雑誌に載り広告になった――二十四歳で、最後のランウェイを歩くまでの話だ。

現在、『Roger Randolph』の店舗は、東京を中心に日本各地に広がり、俺はエリアマネージャーとして、そのうちのいくつかの店舗を任されている。

その日の俺は、自分が担当している新宿店で昼過ぎまで売り場に立ち、六本木店の様子を見に行ったあと、本社で会議に出席した。それが思いのほか早く終わったので、その足で銀座へと向かうことにした。銀座店は自分の管轄ではなかったが、こうして時折赴《おもむ》くのには理由がある。

銀座の大通りに面したショッピングビルに入っている銀座店は、『Roger Randolph』の数ある店舗の中でも、売り上げが高く、客入りのいい店舗だ。

ほかに客がいないタイミングを見計らって正面から入店すると、新卒で研修期間中の小端清《こばきよ》人《ひと》が出迎えてくれた。この冬一番人気のセットアップに身を包んだ彼は、俺のそばに寄って来るなり、「そのコート、日本に来てないやつですよね」と、嬉しさを隠しきれないにやけ顔で言う。

「よく知っているね。そんなに新しくないんだけど、イギリス本社にいる友人に、送ってもらったんだ」

「知ってます、四年前のだ。海外ドラマで、俺の好きな俳優が着てたんですよ。いいなとは思ってたんですけど、生で見ると素材感やバランスがずっといいですね」

爽《さわ》やかな出で立ちに、甘えたような笑顔の小端は、黙って微笑んでいれば婦人受けのよさそうな好青年だが、海外セレブとゴシップに目がなく、誰がどのパーティでどんな服を着ていたかを語らせると止まらない、筋金入りのブランドマニアだ。彼を面接したときも、その知識量には驚かされた覚えがある。

「こんな派手なのを着こなせる日本人は、安西さんくらいですよ。本当にかっこいい。ハリウッドセレブが来店したのかと思った」

「馬鹿言ってるんじゃないよ」

「毎日銀座に来てくださいよ。もっと安西さんのコーデを見たいなぁ。ああ、ここのエリマネも、安西さんがよかったのに」

小端はそう言って、大げさに肩を落として見せる。

この銀座店のマネージャーは、俺の同期の蓮谷聡一《はすやそういち》という男だ。仕事に厳しく、物言いもきつい。少々癇癪《かんしゃく》持ちで怒鳴《どな》るようなこともあるため、小端のような新卒たちにとって、恐ろしい存在だろう。俺だってぬるま湯のような性格ではないつもりだが、比べればいくらかマシに見えるのも仕方がない。

とはいえ、何人かの新卒が研修場所としてこの店に配属されるのには、蓮谷の厳しさに耐えられる精神力がなければ、続かないだろうという思惑も少しばかり含まれている。華やかに見える業界だが、これは遊びでも趣味でもない、仕事だ。店舗はどうしたって売り上げ目標に追われ続けるし、販売員として店に立つのにも体力がいる。正社員ともなれば、憧れだけで務まるほど甘くはない。

　俺はぐるりと店内を見渡し、小端に「様子はどう？」と尋ねた。

「相変わらずですよ」

　肩をすくめる。その言葉が指しているのは、店の売り上げや、小端の体調のことではないということは、彼も充分に承知《しょうち》している。

「蓮谷マネージャーに目をつけられて長いですよ、大丈夫なんですかね、あいつ。今、裏で検品作業してます、……ひとりで」

「そうか、いつもありがとう」

　俺は店の奥に進み、レジカウンターの裏にある「STAFF ONLY」と書かれた扉の向こうへと足を踏み入れる。商品在庫の並ぶストック部屋をさらに進み、もう一枚鉄の扉を開いた先、バックヤードと言われるそこは、このビルのスタッフ用通路だ。綺麗で明るい店内とは一変、コンクリート打ちっぱなしの壁と床に、剥《む》き出しの配管が張り巡らされた薄暗い空間である。その上、暖房の効きが悪く、空気はひんやりと冷たい。

　壁沿いに、ストックルームに入りきらないダンボール箱がいくつか山積みになっている。俺はその奥にしゃがみこむ、華奢な人影に声をかけた。

「――佐山」

細い肩がびくりと跳ね、彼がゆっくりと俺を見上げる。重たい前髪、分厚い眼鏡の奥の視線は、俺を捉えるなり逸らされ、同時にチッと大きな舌打ちの音が鳴る。随分と失礼な反応だが、俺もそんな彼の態度にはすっかり慣れてしまっていた。

「みすぼらしいから、表に出るなと言われている」

俺がなにを尋ねるよりも先に、そう言った佐山の手元で、タグガンがバチンといら立たし気に音を立てた。

「そうだな。寝癖で後ろ髪がうねっている」

俺の指摘に、佐山が慌てて後頭部を掻《か》いたが、手櫛《てぐし》でどうにかなるものではなさそうだ。余計に跳ね上がって悪化《あっか》してしまった。

みすぼらしい――佐山にそう言ったのはおそらく蓮谷だろう。しかしそれについては、俺もフォローのしようがない。二次面接で出会った夏から、約一年半――少なくとも、彼が『ロジャーランドルフ・ジャパン』に入社してから、八カ月が経過しているにもかかわらず、佐山は変わらず野暮ったく、垢抜けない。

今はかろうじてロジャーのアイテムをいくつか身に着けているが、色や柄、形や素材感がバラバラのコーディネイトで、お世辞にもセンスがいいとはいえない出来だ。ただ新しい服や高い服を着れば、みすぼらしさから脱却できるわけではない。

ロジャーの服は社割でいくらか安く買えるはずだが、なにせ元値が張る。正社員とはいえ、決して高いとはいえない新卒の月給では、シーズンが変わるごとに何着も買うのは苦しいだろう。それでも無理をして服に金をつぎ込む小端のようなタイプが新卒にはいがちだが、佐山の場合は数着しか買えていない上に、服の選び方を知らないせいで、うまく組み合わせることができずにいるようだ。

「なぜ僕を採用した」

恨《うら》みすら感じさせる、佐山のそのつぶやきを聞くのは、もう何度目だろう。

まったくもってイケていない、この佐山悠介を採用したのはほかでもない、俺だ。

あの夏の日、二次面接が終わった時点で佐山の通過はまずなかった。つまり、エントランスで佐山と別れたあと、俺が人事に掛け合ったのだ。販売に欲しい、俺の下につけたいと——。

「あんたが採用したから、あんたが僕の様子を見に来ていることくらい、わかっている」

「俺の手間になっているんじゃないかって、心配してくれているのかい？」

「そういうことは、言っていない」

作業をこなしながら放たれる彼の言葉には、相変わらず険がある。しかし、今の状況にすねているのだということもわかっていたし、俺に迷惑をかけているのではないかと案じてもいる。表現がねじ曲がっているだけで、心根までは腐っていない。

「辞めたくなった？」

「……そういうことも、言っていない」

佐山が新卒合宿や勉強会を終え、この銀座店に研修で配属されてから、俺は時折こうして彼の様子を見に足を運んでは、この無意味とも思えるやり取りを繰り返している。

蓋を開けてみれば、佐山はいわゆる問題児だった。時間が経ってもいっこうに磨《みが》かれない外見、懐かない野生の獣のような態度で周囲とも馴染めず、上司にもすっかり目をつけられている。

なにをもって仕事ができると判断するかは人それぞれだが、そもそも仕事をさせてもらえない状況が続いているのには、彼に原因があるといえるだろう。俺も辛抱《しんぼう》強く見守ったつもりだが、それは時間が解決してくれるものではなかったし、かといって少々説教をして考えを改められるほど、佐山は柔軟《じゅうなん》でも器用でもなかった。

華奢な見た目に反して頑固《がんこ》で根性があり、こうして辞めずにいるのは、蓮谷にとって意外であり厄介なことだろう。事実、本社で鉢合《はちあ》わせるたび、「変なやつを採《と》りやがって」と文句をぶつけられるのだ。

佐山のことは、俺が採用して販売部に引っ張ってきた。その責任は感じているし、せめて平均レベルにまでは教育したいというのが本音である。しかしながら、彼はいつまで経っても俺に心を開く気配がない。

「今日、早番？　蓮谷は来るんだっけ？　このあと食事でもどう？」

「早番だ。蓮谷さんは休みで、来ない。知っているくせに、なぜわざわざ僕に聞くんだ。あんたは蓮谷さんと仲がよくない。いつも鉢合わせないように来るだろう」

「そう、で、食事は？」

「行かない」

「奢《おご》るのに？」

「行かない」

――いや、ここまで無遠慮なやり取りができる程度には、親密になったというべきか。あんた、と呼ばれ、敬語が希薄《きはく》になったのはここ最近のことだが、不思議と生意気だとは思わない。小気味《こきみ》よい彼との会話を、不本意ながら俺は少し気に入ってもいるのだ。

ちなみに、数か月前はもっとひどかった。佐山はなにを話しかけても「構わなくていい」の一点張りで、ろくに話を聞こうともせず、面談と称して呼び出してもだんまりで、取り付く島もなかった。

それでも足しげく通い、ちょっかいを出し続けたのは、俺もどこかで意地になっていたからだろう。そのうちに痺れを切らした佐山が、顔を真っ赤にして「しつこい！」と怒鳴ったのが、二カ月ほど前のことだっただろうか。

「あはは！」

そのとき、俺は激怒している佐山の様子を見て、声を出して笑ってしまったのだ。

佐山が俺に対して大きな声を出したのはそれが初めてで、いつも不機嫌そうにはしていたもものの、怒りを露《あら》わにしたのも初めてだった。

「なぜ笑うんだ！」と、佐山がなおも怒るものだから、それを宥《なだ》めるのには骨が折れたが、この鍔迫《つばぜ》り合《あ》いに勝利したのは俺だと確信した出来事である。

さすがに笑ったのは悪かったと反省していて、もう口をきいてもらえないかもと一時は危惧《きぐ》したが、それ以来彼もどこか吹っ切れたのか、最近ではすっかりこの調子だ。理想とは異なるが、努力の甲斐《かい》があったといってもいいのかもしれない。

しかしながら、当然、今の状況に満足しているわけでもない。

俺はバックヤードの隅で作業を続ける佐山に近づき、その横にしゃがみこんだ。顔を覗き込むと、ぷいと逸らされるが、構わずに誘いをかける。

「明日は休みだろう、佐山。俺とデートしよう」

「気色の悪い言い方をしないでくれ。……誰がするか」

「どうして？　暇だろう」

「暇じゃない。……友人に会う」

声が裏返り、最後は消えかかっていた。見え透いた嘘だ。彼は勉強ができるが、不器用でよかった。付け入る隙がいくらでもある。

「きみ、友達いないだろう」

と、ずばり言うと、案の定、佐山はぐっと押し黙った。

「そうやって何度も断られているが、もう駄目だ。きみは放っておくと永遠にバックヤードから出られないぞ。それでもいいとは言わせない」

「……放っておいてくれ」

ため息交じりに佐山が言う。再度、静かなバックヤードに、バチンとタグガンの音がこだました。不機嫌で意地っ張りな、仕方のない子だ。

「表のトルソー、きみが着せたね」

「なぜ」

「わかるさ。俺は悪くないと思ったよ。きみは確かに、……まったく、相変わらずだが、センスはいい。そこは本当によかった」

店の入り口に立つトルソーは、決まって新作の一押しアイテムでコーディネイトされているのだが、あれには着せる人間の個性が出る。

今日のトルソーは、王道の組み合わせかと思いきや、小物だけうまく外して、エレガントさを残しつつ、強烈な個性を端々《はしばし》に忍《しの》ばせるものだ。それは婦人客の多い銀座店にふさわしい、挑戦的なコーディネイトだった。ちなみに、小端のトルソーもすぐにわかる。小端はド王道に、若々しく派手目なアレンジを好むからだ。

佐山当人はからっきしだが、なぜだか彼が着せるトルソーはいつもセンスがいい。その理由を尋ねても、彼は言葉少なに「知るか」としか答えてくれないし、おそらくそれは本音なのだろう。だからこそ、それが彼に眠る可能性の片鱗《へんりん》に思えて仕方ないのだ。

もし佐山の意識の外で、あれだけ店や客層に合わせたコーディネイトができるのであれば——優秀な頭脳の持ち主である彼だ。この先、自覚を持ち、センスに磨きをかけ、計算で同じことができるようになるのであれば。

「見込みがあると思ってる」

俺の言葉に、作業する佐山の手が止まり、戸惑いを隠せない視線がコンクリートの床を彷徨《さまよ》った。

不機嫌な素振りで、俺を突っぱねていてもわかる。バックヤードで雑務をこなすよりも、本当は佐山だって店に出たいはずだ。そして俺は、彼が人にどんなふうに服を着せるのか、興味がある。

「佐山、きみはいったい、なにをしに来た。みんなが羨《うらや》む大手企業を八社も蹴って、わざわざロジャーに来たんだろう」

確かに採用したのは俺だが、ほかに八社もの選択肢がありながら、ロジャーを選んだのは紛れもなく佐山本人だ。研修期間ももうじき終わる。タグガンを打つだけが取り柄では、どこの店舗でも引き取り手がないだろう。当然俺も、そんな部下はいらない。

俺が言っていることの意味がわからないほど、彼は愚鈍《ぐどん》ではないようだ。うつむいたままの佐山が、ぎゅうっと唇を噛む横顔を見た。

「では明日、十三時に表参道駅、Ｂ２出口で」

佐山は返事をしなかったが、俺は「逃げるなよ」とだけ釘を刺し、立ち上がった。

何度も様子を見に来る俺のことを、気遣う気持ちが彼にはある。多少強引な誘い方ではあったが、上司に待ちぼうけを食らわせるほどの図太《ずぶと》さはないだろうとたかをくくり、俺は銀座店をあとにした。

「――へぇ、出来の悪い子ほどかわいいってやつか？」

その日の夜、「いつものところで飲んでいる」と連絡が入り、俺は嘉村の行きつけのバーへと向かった。隣り合ってカウンター席に腰を下ろし、飲みながら佐山のことを話すと、嘉村はひどく感心した様子で、そんなことを言った。

「安西がそこまで特定の誰かをかわいがるなんて、珍しいな」

「そうだったかな」

そうだったかもしれない。しかしそれは、佐山のような問題児を抱えたことがないからでもある。これまでに見てきた部下たちは、幸いにもみな物わかりがよく優秀で、手がかからなかった。今まで随分楽をさせてもらっていたのだと、彼らのありがたみが身に染みる今日このごろである。

反して、佐山は現在直面している問題に対し、単独で打破《だは》できずにいる。それどころか、協力を頼める同僚や、相談できる友人との関係も希薄で、俺相手に助けを求めるかわいげすら持ち合わせていない。頭脳は優秀なはずだが、不器用なあまり八方塞《はっぽうふさ》がりで、どうすることもできず、停滞している様子である。

採用した手前、そんな苦境《くきょう》に立たされている彼を放っておくのは、彼の人生を振り回しているようで気が引ける。少し背中を押すくらいのことは、先輩としてやるべきことだと判断したのだ――しかし、それは後付けの言い訳であるような気もしている。

「ただ、魔が差したというか、……暇、なのかもしれないな」

俺や嘉村が『ロジャーランドルフ・ジャパン』に新卒入社し、もう十年が経とうとしている。仕事に慣れ、生活は安定し、精神的にも落ち着いている。たぶんそこにできた余裕という隙間には、本来なら結婚や家庭というものが嵌《はま》るのだろう。しかし俺の場合、タイミング悪く、それらを考えられる相手がいない。

「こっちは驚いたんだぜ。お前がその、佐山ってやつを採用したいって言い出したときは。しかし、魔が差した……か。はは、まあ、そうか、確かにな」

嘉村はカウンターに頬杖をつき、ニヤニヤと俺を眺《なが》めている。「なんだよ」と言うと、嘉村は「お前ってさ」と小さくつぶやき、鼻を啜《すす》った。

「……お前って、誰にでも優しいけど、誰にも興味がなかっただろ」

「そんなこと」

「あるさ。心を閉じてる」

「…………」

――二十四歳、『Roger Randolph』のランウェイに、心を置き去りにしてしまったのだ。

嘉村は決して口にしなかったが、そう言われているような気がした。

「おもしろいやつが現れて、よかったな、安西」

「……ふ、よかったのかな。気難しい子だ」

「よかっただろ。……お前、そいつの話をするときは、なんだか少し活《い》き活きしてるよ」

嘉村はそう言うと、「ぜひ今度、俺も一緒に飲ませてくれ」とグラスの酒を飲み干した。

俺は今まで、よく目上の人の言うことを聞き、規律《きりつ》を守り、与えられた仕事をこなしてきた。大きな賭けには出ず、目立つような失敗もない。真面目にこつこつと実績を積み上げて、今のポジションに立っている。一時はモデルなんて派手な仕事こそしたが、俺の学生時代を知る友人たちには、「真面目なお前がモデルか」とよく笑われたものだ。

幸いにも上司には気に入られ、俺を慕《した》ってくれる同僚や部下もそれなりにいる。男女ともに友人と呼べる存在も少なくはない。きっと彼らは、俺がひどく〝普通〟であることに安心し、信頼を置いてくれているのだろう。

けれどそのぶん、なにかに心を動かされた記憶もなかった。誰かと抱き合い、心の底から湧き上がるような喜びを分かち合ったり、落ち込んでふさぎ込み、悔しさに涙を流したりすることもない。必死にならなくても、俺はそれなりに器用で、運がよく、大抵のことはうまく乗り越えられてきたからだった。

嘉村は暗に、俺が佐山に動かされているると言っているのだと思った。そしてそれを喜ばしいことだと感じているらしい。確かに、今までの俺なら、新卒ひとりをこんなふうに気に掛けることはなかった。勢いとはいえ、佐山を欲しいと人事に掛け合ったことから、俺は既に佐山に動かされていたのかもしれない。

「嘉村、……心配させていたなら、すまない」

「馬鹿いえ。なんで俺が、お前みたいな顔のいいやつの心配なんかするんだよ」

嘉村は俺の背中を軽く叩き、カウンター越しのスタッフに「チェック」と告げた。

彼の左手の薬指には指輪が嵌っていて、スマホのロック画面は三歳になる長女の写真が設定されている。きっと早く帰らなければいけなかっただろうし、そうしたかったはずだ。そんな彼が、珍しい行動に出た俺の様子を気遣ってくれていることに、感謝と申し訳なさが込み上げた。

「ありがとう、嘉村」

「だから、心配なんて——いや、そうだな、お前がいつまで経っても結婚しないことについては、かろうじて心配してる。ほんの少しだけどな」

「俺が結婚しないのは、お前と比べて周りに女性が多すぎるからだ。選ぶのに少々時間がかかる」

　嘉村は「一生言ってろバーカ！」と言った。

　人は笑うと元気が出るということを思い出した。


「だっさ」

　思わず口をついて出た。俺を睨んだ佐山が、「最悪だ」と漏らした。

　約束の十三時ぴったりに待ち合わせ場所に現れた佐山は、バックヤードで見た変なコーディネイトがいくらかマシに思えるほどにださかった。着古《きふる》されて毛玉になったセーターや、何年履いているのかわからないジーンズ、そのメーカー不明のスニーカーが、いったいどこに売っているのか教えてほしいくらいだ。今どき中学生だってもっとましな格好をしている。

　アパレルブランドに勤める上司に誘われて、その緊張感のないファッションでやって来る精神は理解しがたい。一瞬怒りすら湧きかけたが、俺は深呼吸をひとつして、「乗りなさい」と自分の車を顎で指した。

表参道から車を走らせ、青山方面に向かい、まず連れて行ったのは俺が通っている美容院だ。裏通りにある小ぢんまりとした店だが、俳優やモデルも通う人気店である。

「い、いやだ、なんでこんなところに入らなきゃいけない！」

「きみがださいからだ」

「あんたには関係ない、放っておけばいいだろう」

ごちゃごちゃとうるさい佐山の首根っこを捕まえ、店の中に引きずり込む。顔見知りの男性スタッフが出迎えてくれたので、彼の前に佐山を突き出した。

「この子が例のだ。なんとか、頼みたい」

「ははぁ、なるほど。これはやりがいがありそうです。どんな感じでいきましょう」

「育ちのいい感じで」とだけ答えると、佐山はすぐにシャンプー台へと連行された。

「安西さんはどうされますか？　少し毛先整えましょうか」

「ああ、お願いするよ」

そして鏡の前に並んで座り、カットされている間、佐山はスタッフになにを話しかけられても黙りこくっている。洒落た美容院に耐性がないのだ。

「緊張しているだけだから、気にしなくていい。好きにしてくれ」

俺がスタッフにそう声をかけると、佐山は俺を睨んだ。少し長めの、さして手入れされていなかった髪がいくらか短くなり、表情が露わになっている。そのぶん、恨みがましいその表情も、実に露わだ。

「どうしてこんなことをする」

佐山がようやく口を開いた。俺は雑誌をめくりながら答える。

「きみも知っているだろう。蓮谷と俺は仲がよくない。きみを採ったのは俺だから、そのせいできみが蓮谷にいじめられているのであれば、それは俺の責任でもある」

「いじめられているわけじゃない」

「そうだな。きみがださいから、店に出してもらえないだけだ」

「…………」

俺と蓮谷は仲がよくない。できれば顔を合わせたくないと思っているし、おそらく彼のほうもそうだろう。しかし佐山を店に出せないのは、俺が銀座店のマネージャーだったとしても、同じことだ。

「小端から聞いているぞ。きみ、飲みの誘いも断っているね」

「小端、あいつ」

「彼もきみを心配している」

佐山はなにか言い返そうと開いた口を、結局噤んだ。小端は佐山のことを気にかけ、日ごろから声をかけてくれているに違いない。佐山がなにも言えなくなったのが、その証拠だ。

「佐山、うまくやれとは言わない。だがきみは変わるのを恐れている。変わることを求めて口ジャーに来たんじゃないのか」

　勉強に没頭し、それ以外になにも知らないまま生きてきたはずだ。その人生に差した、『Roger Randolph』という一筋の光に魅せられて、佐山はここまでやって来た。自分もその世界に行けたらと、夢を見たからここにいる。

「変わることは悪いことじゃない。今までのきみを否定しているわけでもない」

「あんたは僕をださいと否定した」

「それは事実だからいいんだ」

　佐山の髪を切っていたスタッフが、俺たちのやり取りをおかしそうに聞いているのが鏡越しに窺えた。説教じみたことを言っているのに、俺もなんだか愉快《ゆかい》だった。

　鏡に映った自分の顔が、心なしか明るく見えた。嘉村が言った「活き活きしている」とは、この顔のことを指すのだろう。元モデルが、恥ずかしい。自分にもこういう表情ができるとは、露ほども知らなかった。

「きみはもうロジャーの人間なんだよ」

「あんたがそうした」

「そうだ。いじけるな」

　シャン、と金属の擦れる軽い音を立てて、佐山の前髪が切断される。

「バックヤードから出なさい。その努力をしなさい」

「………」

ケープの上に落ちた髪を視線で追ったあと、佐山は目の前の鏡に映る自分の姿を睨む。自分の顔なのに、随分と忌々《いまいま》しげに見るものだ。

「自分を知りなさい」

その険しい横顔に、俺は諭すように告げた。

トルソーは上手に着せられるのに、彼は自分を飾ることができない。それは、ロジャーのことを知っていて、銀座の客のことも知っているのに、自分のことを知らないからだ。重たい前髪と、眼鏡の分厚いレンズに邪魔をされて、ずっとうつむいて生きてきたから、自分に合う洋服の選び方も、着方もわからない。

佐山は自分のことを、あまり好きではないのだと思う。だから、見ようとしなかった。よく見せようという努力をしてこなかった。「構うな」と俺を突っぱね続けてきたその姿に、誰かに自分を見てほしいと思ったこともないのだろうと思えた。俺は佐山のそんな意識を、変えてしまいたかった。

「きみは意外とかわいい顔をしている」

鏡を睨むしかめっ面に、そう告げた。透き通る白い肌、純黒の艶《つや》のある髪。長いまつ毛に縁《ふち》どられた丸い目は、変わらずまだ穢れのないビー玉の輝きを放っている。薄い唇の奥、歯並びも上品でいい。シャープな輪郭に、中性的な童顔が危うく——美しい。

「……変なことを言うな」

佐山はいつも通り突き放すように言ったが、その横顔は贔屓目《ひいきめ》なしにも、美少年といってい い、繊細な造りのものだ。

「嘘じゃないさ」

そうだ、嘘じゃない。

髪を切って少し整えただけで、佐山の風貌は見違えた。俺はそれを見て、自分のことのように誇らしく思えた。佐山は綺麗だ。誰にも見つからないように隠しているだけだと、どこかで知っていた気がした。

美容院を出たあとは、新しく眼鏡を作りに行った。佐山はやはり「いらない」と言ったが、想定の範囲内である。

「遅くなったけど、入社祝いみたいなものだと思えばいい」

「あんたは他人だ。そんな義理はない」

「わかった、じゃあこうしよう。俺がその死ぬほどださい眼鏡をやめてほしいとお願いするんだから、俺が代替品を用意するのは当たり前のことだと思わないか」

しつこくださいと言われ、佐山は不満げだが、言い返してこないので俺の勝ちだ。それに、すっかりその童顔が現れた今となっては、少しいやな顔をされたところで、ちっとも迫力がない。

洋服同様、彼が今かけている眼鏡も、あまり新しいものには見えなかった。実家が裕福ではないと聞いていたが、作り直すのも久しぶりとのことだ。かなりの近眼らしいが、この時代、そんなに分厚いレンズじゃなくても見えるようになっているのだと教えてやった。

フレームは俺が選び、細い銀縁のスクエア型のものにした。知的さを際立《きわだ》たせ、よりシャープで近寄りがたい印象になったが、それが佐山には似合っていた。

「ほら、少し笑ってみなさい」

選んだフレームをかけさせ、鏡の前でそう命じた。美容院もここも、支払いは俺だ。そのことに負い目があるのが、佐山は渋々鏡に向き合い、イッと歯を見せるような表情をして見せたが、それは決して笑顔といえるものではない。

「きみねぇ。口だけで笑っても駄目さ、目で笑うんだよ、こう……」

鏡に向かう彼を振り向かせ、その強張った顔を覗き込む。俺が頬の肉を上にあげ、目を細めるお手本を見せてやると、「うっ」と呻いた佐山が、俺の胸をドンと叩いた。

「顔が近い！」

そう怒鳴る佐山の耳が赤くなっているのを見て、つい「あはは」と笑うと、佐山は俺の後ろに回り、ぐいぐいと背中を押してくる。もう行こう、ということだ。

「なにを照れているんだ」

「照れてない！」

眼鏡が出来上がるまでには、数日かかるそうだ。俺は佐山を再度車に乗せ、今度は俺の自宅へと向かった。「今度はなんだ」と佐山は言ったが、疲れたのか「もういい」や「放っておいてくれ」とは言わなかった。今日ばかりはいくら反発しても無駄だと、諦めたのだろう。

「なにもない部屋だ」

「洋服以外に趣味がないんだ」

佐山を部屋に招き入れ、脱いだコートを壁に掛けてやる。佐山の安物のメーカータグがついたダッフルコートは、ずっしりと重たく、デザインも子どもっぽい。見た目にも年季が入っているように見える。

「このダッフルコート、いつから着ている？」

聞きたくない気もしたが、尋ねた。佐山は頬を強張らせ、「高校一年」とつぶやく。

「捨てろ！　見ろ、鳥肌が立った！」

「こ、これしか持っていない！」

つまり、高校三年間と大学四年間、そしてこの社会人一年目の計八年もの間、冬はこのコート一着で乗り切ってきたというわけだ。どうりでくたびれているはずだ。これを着て、今も銀座の職場まで通っているのかと思うとぞっとしない。

俺は寝室から大きな段ボール箱を運び出し、居間の真ん中に置いた。その中から、黒のチェスターコートを引っ張り出す。何年か前の型だが、もちろん『Roger Randolph』ブランドだ。

「あのダッフルコートは、悪いが俺のほうで処分させてもらう。今日きみは、これを着て帰りなさい」

「ちょっと待ってくれ、それは……」

「このコートはきみにあげるものだ。このダンボールの中身全部、今日からきみのものだ、いいね？」

佐山は一瞬ぽかんとしたが、すぐにダンボールに飛びつき、中を漁《あさ》り始めた。そこには、コートだけではなく、シャツやボトム、ジャケットやファッション小物がぎっしりと詰まっている。この冬と春までなら、充分に着回しがきくだろう。

「全部ロジャーブランドだよ、古着だけどね。きみと背格好が近い同僚何人かに、頼んでもらい集めてきたんだ。もう着ないものはないかって」

「どうして」

「何度も言わせるんじゃない。きみがださいからだ。この期に及んで、おさがりはいやだなんて潔癖《けっぺき》なことを言うなよ？」

俺の声が聞こえているのかいないのか、佐山は夢中になって次々と洋服を出しては広げ、「すごい」と感嘆の声を漏らした。青白い頬を上気させ、薄い唇の端が上がり、白い歯の粒が覗く。

「やっと笑ったな」

眼鏡屋で見せた不器用なそれとは違う、綻ぶような笑顔だ。佐山ははっとして俺を見た。

「嬉しいか?」と尋ねたら、彼は恥ずかしげもなく、大きく頷いて見せる。ロジャーを愛してやまない彼は、今の自分の仕草がどれほど素直で子どもっぽいか、自覚を持てないほど喜んでいるらしい。

「こっちにおいで、ここに立ってごらん」

手招きし、姿見の前に彼を立たせた。毛玉になったセーターの上から、彼の肩にチェスターコートをかける。さっきまで、まるで中学生のなりだった彼が、コートのシャープなデザインと、上質な質感に押し上げられ、大人の男に姿を変えていく。

俺は佐山の後ろに立ち、彼の両肩を開かせ、引けた腰を押す。顎を掴んで一度顔を上げさせてから、ぐっと引いた。佐山の身長は百七十四センチ。大きくはないが、背筋が伸びたことで随分とスタイルがよく見えた。顔が小さく、身長の割に脚が長いのだ。

「いいかい。家に姿見がないなら、近くの郵便局やコンビニの、ガラスドアに映る姿でいい。毎日自分の全身を、しっかり見て確認しなさい」

鏡越しに佐山の目を見つめ、そう言い聞かせる。

佐山は自分を知らずに生きてきた。今この業界で働くのに、もちろんそれは間違っているが、けれどすべてをさらけ出すのも、実は間違いだ。ただロジャーの服を着るだけでは、垢抜けないのと同じことである。

これから毎日、試行錯誤《しこうさくご》しながら、色んなコーディネイトを試すといい。いずれ見えてくるだろう、自分にはなにが似合い、どこをどんなふうに際立たせ、逆になにを見えなくすることで、自分をより魅力的に演出できるのか。そうして自分に似合う服、自分をよく見せる服がわかるようになったら、きっと楽しくなる――洋服を着ることが、楽しくなるはずだ。

「このダンボールはきみの自宅に送るよ。ほら、これに住所書いて」

よほどコートが気に入ったのか、俺がそう声をかけるまで、佐山は姿見の前を動かなかった。まるで生まれたてのひな鳥のようだ。鏡の前に立ち、自分自身の姿を眺めて、ようやくこの世界に生まれ落ちた。そんな彼の大切な節目に立ち会うのは、なんだかくすぐったい気分だった。

自分が採用した若者に、才能がないなんて認めたくなかったし、このままなにもせず、彼を潰してしまうのもいやだった。佐山のためだとうそぶきながら、そういう想いは少なからずあって、今日こうして連れ回したのは、俺のエゴだったと認めよう。

けれど、ボタンひとつを大事にしていた健気な彼が、今日を境に変わっていく。その予感に胸が躍り、期待が膨《ふく》らんでいくのも、確かに感じている。

きっかけはただ、魔が差しただけのこと――けれど、彼を大切に育てていきたいと思う気持ちに、嘘はない。

「佐山。これは俺のお古だ、きみにあげよう」

玄関でスニーカーをはいた彼の首にストールを巻きつけ、ストールピンを刺した。ロジャーを象徴する、槍と盾の無骨なエンブレムのレディースアイテム。気に入っていたが、若い佐山のほうがずっと似合って見えた。

「さあ、行こうか」

ドアを開けると、暖房をきかせていた部屋に、冷気が流れ込んでくる。「どこへ？」と尋ねてくる佐山の頬を、夕焼けが赤く染めた。俺を突っぱね、いやがるような素振りはなかった。

「おいで」

手を差し出さなくても、彼はちゃんと俺の後ろをついてくる。佐山はそういう目で俺を見上げていた。柔らかく綻ぶ、今にも消えてしまいそうな儚《はかな》い微笑が、その表情をわずかに彩る。かわいいひな鳥、その信頼に応えようという気にさせられた。

空は晴れていて、東の空に夜の帳《とばり》が降り始めている。その闇はやがて星屑を纏い、月の光を連れてくるだろう。雨の気配はなく、空気は乾いている。佐山はもう、シミの怪物を連れ歩いてはいないのだ。


「あら、随分若い子を連れて来たわね」

店の暖簾《のれん》をくぐり、店内に足を踏み入れると、着物にエプロン姿の女将がそう言った。さっと俺の後ろに隠れた佐山に、「俺の母だよ」と教えてやった。佐山は表情を硬くし、うつむいてしまった。

「照れ屋なんだ、後輩の佐山悠介」

「あらそう、座って」

今日の締めくくりはこの店だ。都内某所、大きな商店街の一本裏通りにある創作和食の居酒屋で、俺の実家でもある。古民家風の造りで、一階が店、二、三階が住居になっている。小ぢんまりとした安い店だが、これで意外と繁盛《はんじょう》しているのだ。

カウンターの奥で調理をする父は俺を見ても愛想がないが、その隣の妹婿《むこ》は「こんばんは」と感じよく挨拶をしてくれた。俺は料理のほうはからっきしセンスがなく、アパレル業界に進むと言っても、両親は止めなかった。妹婿が店を継《つ》ぐらしく、修行中だ。

近場であることもあって、俺はこうしてちょくちょく店に足を運んでいる。嘉村を筆頭に、同僚を連れて来るのは珍しくないことだった。

空いているテーブルに着くと、母が水とおしぼりを運んでくる。「なにか適当でいいのかしら？」と問われ、「ああ」と短く返した。「酒は」と聞くと、佐山は首を横に振り、「飲めない」と言った。

佐山は縮こまっていたが、母が離れて行くと、ほっと肩の力を抜いたのがわかった。俺の母は五十六歳、銀座店の客層にマッチする年齢の婦人である。この様子では、着飾って店に出られたとして、まともに接客ができるか怪しいものだ。

「そういえば」と、俺はふと思い出したことを口にする。

「きみの探している靴は見つかったのかい？　気に入ったロジャーの靴があると言っていただろう」

佐山はロジャーの靴に一目惚れしたのをきっかけに、入社に至っている。もし在庫があるのであれば、その靴を欲しいと思っても不思議ではない。それに、彼をこの世界に引き込んだ思い出の靴がどんなものなのか、興味があった。

「……それが、社内のカタログを漁っても出てこない」

「そうか。ネットは探した？　オークションや、フリマアプリは」

佐山は首を横に振る。靴の名前や品番は不明で、どんなデザインかも知り得ない俺には、靴探しを手伝うのは難しいことのように思えた。

「ちなみに、その靴を見たのはどれくらい前のことなんだ？」

「中学生のときだ。高校の見学会で、東京に来たときだから」

若い佐山にとっては、かなり昔の記憶に当たるだろう。それが果たして本当にロジャーの靴だったのかも、今となっては自信がないのか、彼は「幻だったのかもしれない」と肩を落とす。

「あのときは初めての東京で、なにもかもが新鮮に見えたから」

「実家はどこだっけ？」

「神奈川県の田舎のほうだ。東京の全寮制の高校も受かったけど、でも結局地元の高校に行った。急に心配になったみたいで、母が……。大学も、ひとり暮らしは反対されて、結局実家から通って……」

「お父さんはなんて？」

「父はいない。僕が物心つくころには、もう離婚を……」

佐山はそこまで言うと、黙り込んだ。妙な間ができたと思ったとき、母がお通しと、煮物の器を俺たちのテーブルに並べてくれる。

「………」

佐山の視線はどこかぼんやりとしていた。彼の白い手が箸を持ち、煮物へと伸びかける。しかし、彼はすぐに箸を元あった場所に戻した。

「どうした？」

「………っ」

佐山は煮物を凝視し、血の気の引いた青い顔で反応を示さない。顔にどっと汗をかいており、それは彼がなにか尋常《じんじょう》ならざる状態であることを示していた。

「佐山、おい、どうした？」

「食べられない」

「……なに？」

食べられない――佐山の神経質そうな見た目から、てっきり好き嫌いやアレルギーの話かと思った。しかし、すぐに彼は「人前で、ものを食べられない」と言い直したのだ。

「……ええと、その、なるほど、オーケー、わかった。それは、どういうことだ？　自分で決めたルールか？　それともなにか、その、宗教的なもの？」

小さな声で「そうじゃないけど」と答えた佐山は、肩を小刻みに震わせていた。その様子から、生理的に難しいのだと察した。

「気にするな、落ち着きなさい」

俺は慌てて彼の隣に座り直し、背中を摩《さす》ってやる。遠くから、母が心配そうにこちらの様子を窺っていたが、俺は軽く手を上げる仕草で、心配ないと伝えた。

「……いつから？」

「子どものときから」

「なぜ？」という質問に、佐山は答えられないようだった。

人前でものを食べられない。それが生理的に困難であるということは、なにか心的な要因があるのだろうが、今の佐山にこれ以上深く追求するのは酷にも思える。しかし同時に、佐山の人を遠ざける態度については、いくらか納得もいった。

「……だからきみ、飲みの誘いに乗らないのか。昼飯はどうしてる？」

「隠れて、ひとけのないところで済ませている」

「どうして今まで黙っていた」

わかっていれば、ここへは連れて来なかったのに、と言いかけたが、

「――楽しくて」

そう漏れ聞こえ、思わず「え？」と聞き返した。佐山は膝の上で拳をきつく握り、うつむいたまま、ひどくばつが悪そうに続ける。

「楽しくて、つい、……忘れていた」

「…………」

子どものころから、長年ずっと人前でものが食べられないということを、楽しさのあまり、忘れていたという。飲食店に入り、席に座り、出された料理に箸をつけようとする、その瞬間まで。

「佐山、……きみ、今日一日、俺といて、楽しかったのか」

佐山は返事をしなかったが、彼のうなじや耳たぶが赤く染まるのを見て、俺はすっかり驚いてしまった。不機嫌顔で、突き放すような態度を取り、口を開けば文句ばかり漏らしながら、彼は今日という日を楽しかったと言っているのだ。

「すまない、僕は」

「いいから、謝るんじゃない。煮物が嫌いなわけじゃないね？」

できるだけ優しい声色で尋ねると、佐山は小さく頷き、鼻を啜った。

俺は事情を簡単に母に説明した。母は察しがよく、料理をいくつかタッパーに入れて風呂敷に包んでくれた。俺はそれを佐山に持たせ、「家についたらちゃんと食べなさい」と言い聞かせた。

「……あ、ありがとう」

ありがとうだなんて言葉が、佐山に言えるとは思ってもみなかった。

俺は佐山を車に乗せ、彼の自宅まで送ることにした。場所は東京寄りの埼玉県で、少々辺鄙な立地にも思えたが、車でなら三十分程度だ。

運転中、詳しい事情を聞いてもいいだろうかと逡巡《しゅんじゅん》したが、それははばかられた。バックミラー越しに見た後部座席の佐山は、風呂敷を抱きしめて、可哀相なほど小さくなっている。普段肝《きも》の据わっている彼だからこそ余計に、その姿はいたたまれない。

「……佐山。知られたくなかったんだろう、誰にも言ったりしないさ。だから、そんなに落ち込まないでくれ」

「落ち込んでなんかない」

「そう、じゃあ、顔を上げて、元気な顔を見せてごらん」

佐山は渋々顔を上げたが、眉間に皺を寄せ、唇を尖らせている。俺を見ようとしないまま、すんと鼻を啜った。それから、ふてくされたような口調で言う。

「僕のこと、変なやつだって、思っただろう」

「……そんなことは、出会ったときから思ってるよ」

「そうじゃなくて！」

佐山は一瞬声を荒げたが、続く言葉は見つからないようだった。「そうじゃなくて……っ」ともどかしげに同じセリフを繰り返すだけで、やがて薄い唇を噛み黙り込んでしまう。

「佐山、また誘ってもいいかい？」

ハンドルを切りながら、何気なくそう尋ねた。佐山がはっとして視線を寄越したのが、視界の隅でわかった。

佐山は大多数と同じように振舞えない自分を恥じ、それを知られたくなくて他人を遠ざけてきた。彼はそんな自分に嫌気が差しているだけで、好き好んで孤独を選んでいるわけではないのだ。彼の他人への不器用な優しさと、自分を嫌う横顔が、それを物語っている気がした。

佐山は、彼自身も自覚するように、確かに風変わりで困った問題児だ。

でも忘れないでほしい。俺はそんな佐山だからこそ、こうして目をかけているということ。

そして、変わったところのひとつやふたつが新しく発覚したところで、俺は今さら彼のことを面倒くさがったりなんてしないということを。

「また食事に誘うよ。きみの気が向いたら、イエスと言ってくれ」

あるいはまた、「しつこい！」と怒られてもいい。佐山に食事の誘いを断られることだって、今ではすっかり慣れっこだ。この先それが何度続こうと構わなかったし、佐山を根負けさせる未来だって想像できる。

「…………っ」

佐山が静かに息を呑んだのが、気配でわかった。もう一度鼻を啜ったのが聞こえたが、俺は車のラジオをかけ、気付かないふりを決め込み、運転に集中した。

彼が住んでいるのは閑静《かんせい》な住宅街の中にある、二階建てのアパートだった。外観だけ見るに、築年数は二十五年といったところで、駅からもさして近くないことから、家賃を抑えることを優先したのだろうと予想できた。

アパートの前で停車し、見送りのため俺も車を降りた。佐山はストールに顔を半分埋めたまま、「安西さん」とくぐもった声で言う。まだ少しすねたような声色ではあったが、取り乱した姿を晒したあとだ、少々決まりが悪いだけだろう。

「……安西でいいよ。なんだかきみにかしこまられると、むず痒《がゆ》い」

「安西、その……」

佐山は視線を泳がせ、言いよどんだが、やがて、「好かれるには、どうしたらいい？」と尋ねてきた。質問の意図を汲み取りきれず、俺は首を傾げた。

「好かれるって、人に？　……というか、蓮谷にか？」

友人ができれば、佐山の環境はずっとよくなるだろう。蓮谷に好かれれば、店に出ることもかなうかもしれない。

だが、佐山は風呂敷を抱く腕にぎゅっと力を込め、「あんたに」とつぶやいた。

「うん？」

「……安西に、好かれたい」

その言葉の舌触りを確かめるように、彼は口にする。俺は驚きのあまり言葉に詰まり、狼狽《うろた》えてしまったのを誤魔化すように頭を掻いた。

「どうしたんだ。急に、そんなこと……」

「べつに、急じゃない」

ずっと、考えていたことだと、そう言った佐山の耳が赤くなる。寒さのせいではないのだと察して、胸がざわつくような、妙な感覚がした。

「……ええと、きみ、俺に好かれたいのかい？」

「そう言ってる」

「それは、きみが俺のことを好きということ？」

「……そう言っている、つもりだ」

少なくとも、気を遣ってもらえる程度には、上司として憎からず思われているのだとは思っていた。そうでもなければ、俺とのお喋りに付き合うことも、今日こうして一緒に出掛けることもなかっただろう、とは想像できる――しかし、佐山の言うそれは。

「それって、つまり」

「……あ、あんたの、恋人にしてもらうには、どうしたらいいのかと、聞いている」

佐山は眉間に皺を寄せた不機嫌顔で、唇を尖らせ、噛みつくようにそう言った。誤魔化しのきかない明白な物言いと、きつい睨みに、ともすれば気圧されてしまいそうだった。

彼は俺に〝恋人〟を求めている。

ただ人として、後輩としてかわいがってほしいと強請るのとは違う。二段飛ばしのステップ、歳の差や立場、性別までをも鑑《かんが》みない、色気のない告白をぶつけてくるのがまた、どうにも佐山らしくはあるのだが。

「僕を、好きになってほしい」

「………………」

佐山は俺に心を開いたのだ。そのことは素直に嬉しかった。けれど、それと同時に佐山の人生の寂しさを垣間見た気がした。

今日、この一日がやってくるまでの二十三年間、佐山にはいなかったのだ。俺のようにおせっかいで、世話を焼きたがる、しつこい大人がいなかった。一緒に過ごして、楽しいと思えるような相手が、いなかったのだ。

だから、そんな彼が俺に抱いた想いに、「なぜ?」という疑問はなかった。仕方がないことだと思ったのだ。

彼の想いを疑うわけではない。彼なりに迷い、考え、ようやく今日、それを口にしたのだろう。けれど、ついさっき、俺の部屋の姿見の前に立った佐山は、『Roger Randolph』の世界にようやく生まれ落ちたひな鳥だった。だから今ぶつけられたその想いは、悲しいかな、俺の目には〝刷《す》り込《こ》み〟の感情にしか映らなかったのだ。

佐山は賢く、見た目も充分に美しい、年若い青年だ。この先成長し、自分自身を美しく飾ることを覚え、この世界で生きていくすべを身に着けたら、きっと誰もが彼を放っておかなくなるだろう。

そしてたくさんの人に囲まれて、笑いながら過ごす日々に塗《まみ》れたら、いつか気づくときがくる。この青き恋は幻だったと、幼い憧れに過ぎなかったと。そしてすぐにべつの恋を見つけて——俺を置いて行くに違いない。

「——あはは！」

俺は声を上げて笑った。佐山は一瞬瞠目《どうもく》し、「なぜ笑う」と俺を睨んだ。当然、彼の真摯《しんし》な告白を、揶揄《やゆ》するつもりはなかった。

「オーケー、佐山。きみの言いたいことはわかった」

「どういうことだ」と、今にも噛み付いてきそうな佐山の、歪んだストールを直してやりながら、俺は答える。

「悪いが俺は、きみのようなださい子とはお付き合いしない」

幾度《いくど》となく聞かされてきた〝ださい〟を再度浴びせられ、佐山の眉間により深い皺が刻まれた。

俺はその皺をちょんとつついて、続ける。

「俺の言いたいことがわかるかい？」

「……それはつまり、僕の身なりが改善されれば、恋人になってくれると」

「そこまでは言ってない。きみがロジャーの社員としてふさわしい身なりと振る舞いを身に着けた、いい男に育ったら、そのとき、改めて検討《けんとう》するという意味だ」

「僕が不利な条件に聞こえる」

「人生とは、努力すれば必ずしも報われるようにできてはいない。異論《いろん》は？」

佐山は唇を歪め、不満げに「……ない」とつぶやいた。

生まれたてのひな鳥は、親の愛を求めて鳴いている。けれど俺と佐山は上司と部下でしかない。俺たちの間に、その要求に応えられる無償《むしょう》の愛など存在しないのだ。それでもその空腹を満たしたいのなら、立ち上がり、その翼を広げ――ここまでおいで。

そして佐山が『Roger Randolph』の社員として、俺の隣に並んで立てるようになったとき、それこそが――来たるべき〝いつか〟なのだ。

「わかった」と、佐山は喉を鳴らして言った。

「僕は仕事を頑張る。髪も服も、……ど、努力する。変わる、ちゃんとだ」

佐山のその言葉たちは、白い靄《もや》になって、冷たい風に紛れていく。いつかの彼は、華やかな世界に落ちた一滴の黒いシミだった。けれど今、俺を見つめる彼の瞳には、月と星が運ぶ清らかな恋のきらめきと、激しい闘志《とうし》の炎が宿っている。その力強い瞳に見つめられて、ぞくりと背筋が震え、肌が粟立った。

「……そのときは、検討のほど、よろしく頼む」

そう言った彼の頭を、抱き寄せた。

十二センチの身長差ぶん背中を丸め、切りたての彼の髪に頬を寄せる。掴んだ頭は小さく、熱い。風に吹かれたら消えてしまいそうな彼の儚さを抱きしめたら、息が詰まった。

「――おやすみ、佐山」

そう耳元に囁《ささや》いて彼の頭を離した。佐山は抱きしめられたことに驚いたのか、ぽかんと俺を見上げている。

「…………っ」

そうして落ちる沈黙の中、俺を見つめたまま、ぎゅうっと唇を引き結んだ彼の、頬だけでなく、耳やうなじが赤く染まっていく。

普段なら、こんなふうに悪戯《いたずら》に人を誑《たぶら》かし、向けられる好意を弄《もてあそ》ぶようなことはしない。なにが「おやすみ」だ。まるで女性を口説くときの手管《てくだ》ではないか。

けれど、もし本当に、俺の存在が佐山を変えるというのなら、俺はどんな悪い男になっても構わないとすら思ったのだ。

それは彼を採用した責任や、プライド。けれどそれ以上に、今はこの佐山悠介が、纏《まと》わりつく汚れを落とし、身を削《けず》り磨いたとき、いったいどんなふうに輝くのか——俺は、それを知りたいと思っている。

そう気付いたとき、俺はもうとっくに佐山に惹かれ、動かされていたのだと思い知った。

佐山が飼っていたシミの怪物は、決して消えたわけではなかったのだ。それは、なにも知らないひな鳥の身体の中に身を潜めていただけに過ぎず、現に今、俺を逃がすまいと、俺の足首をきつく掴んでいる。

けれど、佐山を責めるのはお門違いだ。がらにもない好奇心に突き動かされ、迂闊《うかつ》にもその手が届く距離まで近寄り、怪物が潜む洞穴《どうけつ》を覗いた。あまつさえ、それを誘い出した愚《おろ》か者は、ほかでもない俺自身なのだから。

——ただ、魔が差したというか……。

これは、そんな些細な気まぐれが引き起こしたことだとばかり思っていた。

けれど違う。始まりはもっと前だ。

だってあの日、きみに出会ってしまった。だからもう、抗うことができなかったのだ。

2

「安西。三店舗とも、閉店まで頼めないか?」

そう言った俺の上司は「頼めるのはお前しかいない」と、いつかの嘉村のようなことを付け足した。

本社に呼び出された俺は、『Roger Randolph』の姉妹ブランド『Roger R』が売り上げ不振のため、日本撤退《てったい》が決まったことの報告を受けた。

『Roger Randolph』は、いわゆるラグジュアリーブランドだが、姉妹ブランド『Roger R』は、ファッションに関心の高い若者をターゲットに、より個性的なデザインを展開している、カジュアル寄りのブランドである。

『Roger Randolph』と比較して、『Roger R』はスカート一着にして、十万円ほど価格が下がり、新作であれば、四、五万円ほどになる。一般的に見れば少々値が張るといえるが、本家と比べれば、かなり手の届きやすい価格設定だ。

日本でもコアなファンは多いが、もともとロジャーブランドは正統派ではなく、個性派のデザインで知られている。カジュアルになり、より際立った独自性は日本人には刺さらなかったのか、残念ながら売り上げは伸び悩み、ここしばらく予算割れが続いた結果、日本を撤退することになったのだった。

日本にある『Roger R』は、新宿、代官山、表参道の三店舗のみで、撤退は約半年後の八月末になるという。該当の三店舗は、コスト削減のため、所属している正社員は早々に別の店舗に異動になるようだ。それで各店舗の責任者に穴が空くため、閉店までの間、ほかの仕事と並行しながら、俺に面倒を見てほしいとのことだった。

「……新宿店はどうしますか？」

「ああ、そのことなんだが……」

ショッピングビル『新宿BLUEst』に入っている『Roger R』新宿店は、現在改装中だ。二月中旬にはリニューアルオープンする予定で、現在決まった販売員すらいない状態である。上司は顎に手を当て、しばし逡巡したが、結局、

「安西、きみに任せる。好きにしていい」

と言った。いい加減な仕事の振り方であるとも思ったが、ほかに適任者がいないのも事実なのだろう。あるいは、よほど俺が、余った仕事を押し付けるのにちょうどいい、お人よしに見えるということだ。自分の頼まれ体質には、辟易《へきえき》としないわけではないが、好きにしていい、という言葉は魅力的だ。

俺の頭には佐山の顔が浮かんでいた。それはべつに今に始まったことではなかった。

――好きになってほしい。

そう言われたあの夜から、ずっとだ。

「——そういうわけで、きみに、新宿店の店長を任せたいと思っている」

上司の通達からわずか数日後に、俺は佐山に内示を出すところまでこぎつけていた。

佐山は一瞬面食らった様子で、すぐに眉間に皺を寄せ、「意味がわからない」と言った。当然のリアクションである。

「佐山はほかの新卒に比べて、店に出られるまで時間がかかったからね。ハードではあるけど、短期集中で経験を詰むにはもってこいの機会だよ。もちろんフォローは俺がする。きみはせっかく頭がいいし、早めにマネジメントや予算について考えてもらいたくて」

俺は現存する『Roger R』のマネージャーになることが決まっている。代官山、表参道店は俺が店長を兼任するが、新宿店の店長を、この佐山悠介に任せることにしたのだ。

これには上司もいい顔をしなかったが、あれこれと理由を並べ立てたところ、最終的には「安西がそこまで言うなら」と了承してくれた。これればかりは人徳《じんとく》のなせる業である。

研修明けの新卒が、いきなり店長に抜擢された実例はない。おそらく佐山を羨ましく、あるいは妬《ねた》ましく思う者も少なからず出るだろう。しかし店長ともなれば、売り上げの責任は重く伸し掛かり、部下のマネジメントを行うのも、未熟な佐山には簡単なことではない。八月末に撤退が決まっている店だからこそ、俺にもこんな博打が打てたし、上もそれを許したのだ。

「わかった」

佐山はしばし考え込んでいたが、やがてぱっと歯切れよくそう言った。「断ることもできるけど」と念のため伝えたが、きっぱり「必要ない」と言い捨てる。

「安西の言わんとしていることはわかる」

出遅れたぶんを取り戻してほしいのと同時に、俺は佐山に期待をかけてもいる。佐山はその両方を理解し、受け入れてくれたようだ。しかし、俺の予想を超えて、不自然なほど肝が据わっているようにも見えた。

「随分頼もしいが、あまり気張らないでくれよ？」

「そうはいかない。頑張ると言っただろう。僕が頑張るのを、あんたに見てもらえるいい機会だ。とても嬉しい」

「…………」

それを聞いて、俺は開いた口が塞がらなかった。三秒で口を閉じ、「そう？」とおどけて見せたが、佐山が今の微妙な間をどう感じ取ったかはわからない。思いのほかストレートにぶつけられた思いに面食らってしまったのを、悟られていなければいいのだが。

――あの夜から数日、密に連絡を取り合うようなこともなく、俺と佐山は久しぶりに顔を合わせたのだが、彼の俺に対する感情は、どうやらまだ継続しているらしい。むしろ俄然やる気に満ちた雰囲気に、あっという間に頭から食われてしまいそうな気さえした。

しかしだ、それよりもまず。

「……ところで、こんな話をどうして俺の家でしているんだっけ？」

俺のマンションの居間、テーブルを挟んで椅子に座った佐山は、きょとんと目を丸くして見せた。飲まないとわかっていて彼の前にコーヒーを出し、朝食を摂っている間、特に話題もないので、オフィスでするつもりだった話をついしてしまった。だが、そもそも佐山がこんな時間に俺の部屋にいる理由を聞きそびれたままだ。

休日の朝八時、近所をランニングしてマンションに帰ると、エントランスにある植え込みのあたりで、佐山が俺を待ち構えていたのだ。なにかあったのかと慌てて部屋に入れ、俺は大急ぎでシャワーを浴びたのだが、当の本人はけろっとした様子である。

「きみ、なにかあったから、ここに来たんじゃないのか？」

「今日は遅番で時間があるから、出勤前に来ただけだ」

「遊びに来ただけだってのか？」

佐山の言動の意味がわからず尋ねると、彼はむっとお決まりの不機嫌顔をして見せ、突然立ち上がった。

「見てもらいに来たんじゃないか、ほら、よく見てくれ」

強い剣幕《けんまく》で言われ、改めて佐山の全身を見た。今日の佐山のジャケットとボトムスの組み合わせは微妙にズレているものの、それでもいくらかましなコーディネイトだ。髪も美容師に言われた通りセットしてあるし、俺が選んだ眼鏡もよく似合っている。丸まっていた猫背がぴんと伸び、うつむいてばかりだった顔も上がっていた。

面接のときと比べ、声からは刺々しさが薄れ、いくらか柔らかみを帯び始めているようだ。彼がここ何日かは店にも出させてもらっていると小端から聞いていたので、客前に出始めた影響だろう。

「……ええと、それで、なに？」

「〜〜っ！」

佐山は一瞬、カッと怒り出しそうな気配を見せたが、すぐに脱力して椅子に座り直し、がっくりと項垂《うなだ》れた。確かに、身なりを整えろという旨の指示は出したし、その成長ぶりを見せに来たのだと思えばかわいいものだ。しかし、その落ち込みようは、もしや。

「まさか、きみ、オーケーが出たとでも？」

俺の問いに、佐山は答えないが、その沈黙が答えだと言えよう。

「だってあんた、自分のことを好きだと言った男を、こんなに簡単に部屋に入れるから」

「人聞きの悪い……」

努力の成果如何《いかん》では、佐山との関係を検討するという約束を結んだのは確かだ。しかし彼の性急すぎる思考に、認めたくはないが九歳の年齢差をまざまざと感じてしまう。まったくもって、彼は若く、そして青い。

「きみ、そんなこと考えて押し掛けて来たのか？　まったく、油断も隙もない子だ。ほら、もう出ろ、次は来たって部屋には入れないからな」

俺は立ち上がり、残念ながら口をつけてもらえることのなかった佐山のコーヒーをがぶりと一口飲んで、朝食の食器と一緒にシンクへ運ぶ。それから寝室へ向かいジーンズにベルトを通すと、部屋着のシャツの上にモッズコートを羽織った。出かける準備を整え始めた俺を、佐山は慌てて追いかけてくる。

「安西、待ってくれ」

「ほら、行け。車を出してあげるから」

「でも」

「言うことを聞きなさい。遅刻すると蓮谷が怖いぞ」

「でも、あんた、検討してくれると言っただろう！」

「少なくとも今日、検討の余地《よち》はない」

「なぜだ、僕の身なりはよくなったはずだ。ちゃんと研究したし、その成果も出ている。店にも出してもらえている！」

「ジャケットとボトムの組み合わせが甘い。素材を中途半端にニアミスさせるな、もっと明暗にも興味を持ちなさい、メリハリがなくぼんやりしている。似合っているとはいえない」

　言い捨てると、佐山はようやく押し黙った。いくら佐山が難関大学を出ていようと、ことファッションにおいて、俺に口答えができるはずがない。

「その程度じゃあ及第点《きゅうだいてん》も出せない。出直してきなさい」

「しかし」と俺のコートの袖《そで》を掴み、引き下がらない彼が抱える焦燥の正体は、俺にはてんで見当もつかない。

「なにをそんなに急いでいる。一朝一夕《いっちょういっせき》でどうにかなるものじゃないよ、佐山」

　すると佐山はわなわなと腕を震わせ、「あんた、モテるだろう」と愚痴るように言う。

「うん？」

「だから、早くしないと、と思って……」

　随分とかわいいことを言うものだ。俺をほかの誰かに取られるのを恐れて焦っていたとは、ついこの間まで、俺を突っぱねていじけていたのが嘘のようないじらしさである。

「……あはは！」

「～～っ、くそ、また笑う！」

「佐山、急いては事を仕損《しそん》じる、急がば回れと言うだろう。それに、もっと洋服は楽しんで着るものだ、そのほうがきっと上手くいく」

「しかし、あんたはいつまで待てる、僕のことを」

「人の心に保証がないのは、昨日も今日も、明日も同じさ。きみだってそうだろう、いつほかにいい人が現れるかなんてわからない。俺のようなおじさんではなく、ね？」

「僕は、あんたが……」

「ふ、せっかちなんだな。きみも大人なんだ、もう少し余裕を持ちなさいと言っているだけさ。そのほうが男は魅力的だよ」

バタバタと動き回ったせいだろう、佐山の片方跳ねた襟《えり》を正してやる。そのシャツの一番上のボタンは、お決まりの銀のメタルボタンだ。俺はそれを爪でコツンと叩いて告げる。

「きみのようなお子ちゃまが、俺と付き合おうなんて百年早い……が、まあ、そうだな、このシャツに、このボタンがこんなに合うとは知らなかった」

「……褒《ほ》めるのはボタンだけか？」

「ご不満かい？」

むっとした表情で睨まれたが、その尖った口はこれ以上の文句を吐き出すことができないようだ。俺は佐山の両肩に手を置き、くるりと彼の身体の向きを反転させる。佐山の鞄をひっ掴み、車のキーを自分の尻ポケットにねじ込んで、その背中を押すと、「あ、あっ。待ってくれ」と、佐山は往生際《おうじょうぎわ》悪く喚いた。

「まだなにかあるのか？」

「安西、これ」と、佐山は俺の手から鞄を取ると、中から風呂敷包みを取り出した。先日俺の母が渡したタッパーだ。中身はすっかり綺麗に空になっている。

「全部食べられたかい？　美味しかった？　また持って来ようか？　どんなものが好みだ？」

「……あんたはいつも質問が多い」

佐山はそう言い、すべての質問には答えず「美味しかった、よろしく伝えてほしい」と言う。それから、視線を彷徨わせ、なにか言いよどむような素振りのあと、ひどく言いづらそうに口を開いた。

「それから、できれば、謝っておいてほしい」

「……俺の母に？　なにをだ？」

「悪かったと思うから。その……、あのとき、僕の態度が……」

佐山は俺の母を前に、怯えるような様子でろくに挨拶もできず、委縮《いしゅく》していたように見えたのを思い出した。

俺の母はいたって普通の女性だ。見た目は年相応で、優しい顔つきである。俺の長身は父親譲りのため、母は身体の大きさも平均的だ。どちらかといえば淑《しと》やかな性格で、他人に威圧感を与えるようなタイプではない。

佐山は、母と同じ年代の女性客も多い銀座店に立つことを許されるようになった。小端からこれといった報告を受けていないということは、客前における佐山はおそらくそれなりに仕事をこなしていて、大きな問題はないということだ。

つまり、あのときの佐山の様子は、ただの人見知りや、女性が苦手だから、というわけではないのだろう。

「きみのお母さんはどんな人なんだい？」

「…………」

投げかけられた問いに、佐山は見事に頬を強張らせた。彼は人や女性が苦手なのではない、〝母〟が苦手なのだ。そのことに確信が持てた。

佐山は東京の高校に受かったが、進学はさせてもらえなかった。大学は東京都内だが、ひとり暮らしは許されず、バイトが自由ではなかったと言っていたのも覚えている——佐山の母とは、佐山にとって、そういう力を持った存在だったのだ。

「……あまり、話したくない」

佐山は固い声色でそう言った。家庭環境の複雑さは、その佐山の言い草からわかることだ。俺も無理に聞き出したいわけではない。

「……今夜はどう？　どこか、食事に行かないか」

話題転換のために、断られるのを承知の上でそう誘った。佐山は苦笑いで首を横に振る。

「まだ自信がない」

「そう、また誘うよ」

「部屋は追い出すのに、食事には誘ってくれるのか……」

「自分で言ったことだからね」

佐山を後部座席に乗せ、車を銀座へと走らせた。『Roger Randolph』銀座店の入ったビルの裏通りに車をつけたとき、俺の車の後ろに一台、見覚えのある車が停まったのをミラー越しに見た。シルバーの高級外車だ。思わず「げ」という声が漏れ出そうになった。

さっさと佐山を降ろして走り去りたいところだったが、それよりも早く、外車の助手席から降りた男が、真っ直ぐに俺の車までやって来る。ウインドウを下げないわけにもいかず、渋々「やあ」と笑顔を向けると、男はふんと鼻を鳴らした。隙のないダークグレーのスーツに身を包んだ彼は、俺の同期であり、銀座店マネージャーの蓮谷聡一である。

「なにをしに来た、安西」

「佐山を拾ったから、送っただけだよ。今日はオフなんだ、すぐに帰る」

蓮谷は後部座席の佐山をちらりと見やると、距離の近さにそぐわない、高圧的で張りのある声で言う。

「聞いたぞ、なにを考えているんだ。まだ〝それ〟は使い物にならないぞ」

佐山を『Roger R』新宿店の店長にする話を、どこからか伝え聞いたのだろう。蓮谷は眉根を寄せ、佐山を顎で指した。この男の物言いはいつだってこんな調子だが、俺に対してはより攻撃的な声色になる。

「だからこれから育てるのさ。それより蓮谷、佐山をモノのように言うのはよしてくれ」

蓮谷は俺が口答えをするのが気に食わないようで、顔をしかめて「お高くとまるなよ」と吐き捨てるように言った。どっちがだ、と思ったが、彼と口論がしたいわけではないし、目が合えば嫌味を投げつけられるのも今に始まったことではない。こういうとき、俺は蓮谷の憎まれ口を甘んじて受け入れることにしている。

なにかきっかけがあったわけではないが、入社当初から、俺と蓮谷の不仲は十年続いている。入社後しばらくモデルを兼業していた俺は、誰にいけすかないと思われても仕方がなく、周囲からやっかみを受けることもしばしばあったが、今となってはそれももう随分昔のことだ。しかし彼だけはこの通り、当時から一貫して俺への態度を変えずにいる。

生まれが裕福で、経歴もエリートといっていい蓮谷の気位の高さは有名だ。口の悪さや横暴な面が目立っているが、彼の父親がこの会社の役員をしているため、誰も彼に対して強く出られないのである。

最初こそコネ入社だと陰口《かげぐち》を叩く連中もいたが、実際ここ数年の蓮谷の仕事ぶりは見事なもので、彼がマネジメントする店は軒並み売り上げを伸ばしているのだから、余計に誰も文句をつけられないのだった。

「知っていると思うが、俺はお前と入れ替わりで、『新宿BLUEst』の『Roger Randolph』マネージャーになる。フロアは違うが、同じビルだ。ひどい数字で恥をかかせるなよ」

「ああ、わかっているよ」

同じビルに蓮谷の店があるということは、鉢合わせする頻度も高くなるだろう。そんな近い未来に少々気が滅入った。蓮谷はもう一度ふんと鼻を鳴らし、「じゃあな、せいぜい頑張れよ」と捨て台詞を吐くと、ようやく俺たちに背を向けた。

蓮谷がビルの裏口に消えていくと、彼の外車の運転席から、今度は長身の女性が降り立った。彼女もまた俺の車までやって来ると、申し訳なさそうに頭を下げた。

「慶治、ごめんなさいね。……そっちのあなたも、どうか、気にしないで」

長い茶髪をざっくりと後ろでひとつにまとめ、ラフなジーンズ姿に大きなサングラスをかけた彼女は、モデルの支倉《はせくら》ミアだ。彼女は俺がモデルをしていたころにできた友人のひとりである。

ミアは現在、俺と同じ三十二歳。『Roger Randolph』のショーモデルこそ引退したが、今も広告やイベントで活躍しているモデルタレントだ。目鼻立ちのはっきりとした日英ハーフの美女で、気取らず健康的な印象から、若い女性からの支持を得ており、去年出版されたフォトブックの売り上げも好調だったと聞いている。

「きみが謝ることじゃない。第一、蓮谷がなにを言ったのか聞こえていなかっただろう？」

俺の言葉に、ミアは肩をすくめ、「聞こえていなくてもわかるわ」と、ため息混じりに言った。

彼女は蓮谷の恋人である。交際はもう七年に及び、マスコミにもオープンな間柄で、近ごろは結婚も噂されている。こうしてお互いの職場への送り迎えをする仲睦《なかむつ》まじい様子もたびたび目撃していた。もちろんミアは、蓮谷の性格についても承知の上で交際している。

「気苦労が絶えないね、ミア。まあ俺たちは大丈夫だよ、すっかり慣れている。それより、もう行ったほうがいい。あの嫉妬深い男が、どこから見ているかわからないぞ」

「ええ、そうね。慶治、また今度」

そう言った彼女は小走りで引き返すと、すぐに車を走らせ、颯爽《さっそう》と消えていった。

一波乱終えたと思ったが、今度は佐山だ。ドアロックを解除したにもかかわらず、いっこうに車から降りる気配を見せない。「どうした?」と振り返ると、彼はなにか納得がいかないという表情で俺を睨んでいた。

「……あの人が蓮谷さんの恋人だというのは知っているが、あんたとも親しく見えた」

なるほど、俺とミアの関係を疑っているというわけだ。

「俺がモデルをしていたころ、現場でね」

同い年で、同じ苦労を味わっていたこともあり、ミアとはそれなりに親しい仲であることは否定しない。しかし、それはあくまでも仕事仲間としてであって、互いに男女の雰囲気を醸《かも》し出すようなことは一度だってなかった。

それに、彼女から蓮谷と交際し始めたことを聞かされてからは、連絡を取り合うようなこともほとんどない。もし俺とミアが親しくしているなどと知られれば、蓮谷が今以上に鬱陶《うっとう》しいことになるのは目に見えているからだ。

俺の説明が気に食わないのか、佐山は唇を尖らせたまま黙り込み、その視線を斜め下に彷徨わせる。「まだなにか?」と尋ねると、彼はしばし逡巡してから口を開いた。

「……いや、なぜ安西ではなく、蓮谷さんなのかと考えていた」

「……うん?」

「なぜ、彼女は安西ではなく、蓮谷さんを選ぶのかと、不思議に思った。ファーストネームで呼び合うほど親しいようだし、……見た目も中身も、蓮谷さんより、安西のほうが」

誰しもが蓮谷よりも俺を好きになるほうが自然で、それが当たり前だという口ぶりだ。無自覚なのか、神妙《しんみょう》な顔つきのままそんなふうに褒められると、茶化《ちゃか》すタイミングを逸してしまう。俺は返答に困り、「うーん」と唸り声を上げて後頭部を掻いた。

「それはなんというか、ありがとう。でも、きみにとっての嫌な上司が、ミアにとって嫌な恋人とは限らないさ」

「そういうものか?」

「たとえば、仕事の出来る男が、女性にとっていい彼氏とは限らないだろう? いい彼氏が、いい旦那や、いいパパになるとも限らない」

俺にとって蓮谷はまさに目の上の瘤《こぶ》だ。ミアの友人として彼らの交際に不安はあるが、彼女にとってあの男がいい恋人であるのならと、口出しせずに今に至る。ミアの芯の強さを信頼しているということも含めて、ではあるが。

「なるほど、わかりやすい」

佐山は納得したのか、ようやく車から降りようとドアに手をかける。俺はハンドルにもたれ、そんな彼に「なあ」と声をかけた。

「佐山。俺はきみにとって、たぶんまあ、いい上司なんだろうけど、いい彼氏になるかどうかはわからないよ。結構悪い男かもしれない。それでもいいのかい？」

佐山は俺を見やり、「なってみないことには、わからない」と言った。

「それに、いいか悪いかは、僕が決めることだ。あんたには関係ない」

彼は歯切れのいい声で言い切る。その潔さに、思わず「ふっ」と息を漏らすと、佐山は「なぜ笑う」と、不機嫌に眉間に皺を寄せた。

「きみって、ときどきかっこいいよ」

白い肌に真っ黒の髪が示す、その強いコントラストのような思考の明瞭《めいりょう》さや、言葉を口にすることを迷わない剛毅《ごうき》さは、なんだか羨ましく、まぶしいもののように思えたのだ。

佐山は褒められ慣れないのか、俺を見つめて閉じた唇をむずむずと動かす。下がっていない眼鏡のブリッジを緊張気味に押し上げたあと、やがて窺うように「好きになったか？」と尋ねてきたので、俺は再度吹き出して笑うはめになった。

「ほら、もう行きなさい。今日も一日頑張っておいで」

「……」

佐山はチッと小さく舌打ちをすると、ようやく車を降りた。そのままビルへと向かうかと思ったが、彼は下げられたままのウインドウに手をかけ、運転席の俺を覗き込んでくる。

「安西、『Roger R』新宿店の、店長の件だが」

そう切り出した佐山の表情は、心なしか強張っていた。優しく「うん？」と聞き返してやると、彼は意を決したように口を開く。

「……なにか、褒美《ほうび》のひとつでも、設定してもいいとは、思わないか」

「……きみ、結構図々しいな」

「だめか？」と尋ねてくる声は、彼にしては随分としおらしい響きだ。

店長を任せたいと言ったとき、佐山はそれを快諾したかのように見えた。だがそれは、俺に好かれようと思うあまり、俺からの頼みを断れず、気丈《きじょう》なふりをしただけに過ぎなかったのだとすれば。

変わり者の彼だからとあまり気に留めなかったが、彼はまだ新人の二十三歳。やはり店長という重責を前に、少なからず戸惑いを覚えている。そのくせ弱音を吐かず、彼は課せられた仕事をやりきるための、心の支えが欲しいという意味で、「褒美が欲しい」と言っているようにも思える。

そんな迷える部下が、店長としてまずなにをすべきかを示すのは、いい上司の役目かもしれない。俺はしばし考えを巡らせ、ひとつの案を思いついた。

「――そうだな。きみの店なんだ。スタッフもきみが選ぶっていうのはどう？」

「なに？」

「それでスタッフ全員と問題を起こさず、予算達成できたら、……そうだな、なにかひとつ、お願いを聞いてあげよう。ただし、聞いてあげられる範囲で」

「なんでも、とは約束してくれないのか」

「そんな恐ろしい約束はできないね。きみってなにを言い出すかわからないから」

服のコーディネイトは、以前と比べてよくなってきている。もともとトルソーはセンスよく着せられるのだ、これくらいは想定の範囲内である。

だが佐山にはもうひとつ問題がある。それは人との関係の構築だ。この様子では、人と食事ができるようになるには、もう少し時間がかかるだろう。他人を遠ざけようとする言動も、無意識下であるならば、そう簡単に改善されるとは思わない。そんな彼にとって、俺の提案は少々厳しい内容にも思えるが、彼の今後を思えば、最低限身に着けなければいけないスキルでもある。

さてどう出るかと顔色を窺ったが、俺の予想に反して、佐山はその提案に怯む様子はなかった。それどころか、どこか意気揚々とした表情で、口角をわずかに吊り上げて見せる。

「わかった。ありがとう、安西」

「え？」

「頑張るから、見ていてくれ」

佐山は明朗な響きでそう言うと、くるりと身体を反転させ、足取り軽く、あっという間にビルの中へと消えて行ってしまった。

「…………」

俺はしばらくアクセルを踏めないまま、呆然としてしまった。

バックヤードでいじけていたときもそうだ。佐山は解決手段の掴めない問題に直面すると、立ち止まってしまう癖がある。けれど一度「この道だ」と思えば、彼は恐ろしいほどにその道をひた走れるのだ。

仕事において、彼のその純粋《じゅんすい》さは成長に加速をかけるだろう。けれど、その真っ直ぐな熱意は間違いなく俺にも向けられている。口約束のご褒美だけで、溌剌と「ありがとう」を言える彼の姿を目の当たりにして、その危うさを思い知った気がした。

彼の幼い恋は、俺の掌の上で終わりに向かっていると思っていた。しかし、もしや自分の読みは甘いのではないかという懸念が、脳裏をよぎるのだった。


それから数日後のことだ。佐山は俺に、『Roger R』新宿店のリニューアルスタッフの希望リストを出した。彼が挙げたのは、森田《もりた》めぐみ、岸本貴恵《きしもときえ》という派遣社員の女性。そして銀座店でともに研修をしていた小端清人の、計三名である。

森田めぐみは二十五歳、川崎のショッピングビルに勤めていた派遣の販売員だ。人事部の嘉村に頼んで引き抜くことに成功したのだが、もとはロジャーとは無関係の、ギャル系ブランドに勤務していた。

採用面談の際に同席すると、明るい髪色に派手なメイク、露出の高いギャルファッションで、喋り口調も軽く、印象はあまりいいとはいえなかった。しかし佐山は「森田は絶対だ」と譲らなかったのだ。

しかし俺の不安をよそに、リニューアル前日、店での顔合わせに現れた森田は、どういうわけか、緩くウェーブした暗い茶髪にナチュラルメイク、服装もシンプルで落ち着いた品のあるコーディネイトで、誰かわかるまでに時間を要するほどの変貌《へんぼう》ぶりであった。

そのときになって初めてわかったことだが、森田は驚くほど美人だった。小さな顔にはっきりとした目鼻立ち、背はさほど高くないが全体のバランスがよく、ボディラインにもメリハリがある。男性受けがよいかといえば、甘えた印象がなくすっきりとしていて、女性人気の高い読者モデルといった風貌である。

「驚いた、別人みたいだ」

「だって、悠介がこうしろって言うんだもん」

軽いノリは変わらずだが、彼女はあっけらかんとそう言ったのだった。

そしてもうひとりは、岸本貴恵だ。『Roger R』代官山店に勤めていた三十四歳のベテランを引き抜いた。すらりとした長身、シャープな輪郭に切れ長の目。本革のライダースに、タイトなパンツ、レースアップのヒールブーツを合わせ、小物にきちんとロジャーのアイテムを取り入れた辛口のファッション。苦い煙草《たばこ》の匂いがほのかに香る、クールな大人の女性である。

彼女に自己紹介を求めたら、面倒くさそうに「どうも」と低い声で言うだけで、愛想がいいとはいえない。けれどもやはり、佐山は彼女のことも必要だと言うのだった。

最後に――小端清人、佐山と同じ新卒入社の二十三歳。銀座店での研修中、佐山の同僚だった、甘え上手なブランドマニアである。佐山が小端に声をかけたのも意外だったが、小端がそれに応じたこともまた意外だった。

「安西さんの下で働けて嬉しいです、よろしくお願いしますね！」

見知った人懐こい笑みでそう言われたとき、俺は正直戸惑ってしまった。

俺は自分が穏やかな性格であることを自負しているが、小端の歳で同期の出世に嫉妬しない自信はなかった。これは佐山にとって出世ではなく、補習や再テストのようなものだと理解しているのかもしれないが、それでも上司である俺が、ほかの新卒よりも佐山に目をかけている事実に変わりはない。

若者から出世意欲が薄れてきている昨今だが、それにしたって、小端からは佐山に対するネガティブな感情は感じられなかったのである。

かくして、佐山悠介が店長を務める『Roger R』新宿店は、二月半ばに予定通りリニューアルオープンを迎え、八月末までの、約半年の短い営業を開始したのだった。

＊　＊　＊

二月八月は売り上げが見込めない。あらゆる業界で言われる、いわゆる二八の法則だが、アパレル業界もご多分に漏れず、ロジャーでも大抵の店舗が売り上げに苦戦した。

「前年比の八十パー?」

そんな二月が終わり、各店舗の売り上げの数字が出揃った。佐山の『Roger R』新宿店の数字を見せると、人事部の友人・嘉村は、唾を飛ばしながらそう叫んだ。

新宿店の売り上げは、昨年二月の売り上げと比較して、八十パーセントの売り上げだった。

しかし嘉村が驚いたのは、その数字が小さいからではない。

「営業日が半分しかなかったのに?」

そうなのである。『Roger R』新宿店はリニューアルのため、二月の半ばに営業を開始した。

つまり、単純計算かつ、右肩下がりの状況も鑑みれば、前年比の五十パーセントでも充分御《おん》の字《じ》であったのだ。それが八十パーセントともなれば、当然、当月の予算を大幅にクリアする快《かい》挙《きょ》だった。

三月頭、会議の都合で『ロジャーランドルフ・ジャパン』本社に顔を出すと、ちょうど昼時に嘉村と鉢合わせ、近くのうどん屋で食事をすることになった。俺の疲弊した顔を見て、よほど佐山の尻ぬぐいに追われているのだろうと邪推《じゃすい》した嘉村だったが、今はすっかりハトが豆鉄砲《まめでっぽう》を食らったような表情で、口の端からうどんを垂らしている。

「わかった、安西、お前あれだな。新宿店に目をかけすぎた。だから疲れた顔してんだ、そうだろう、それならその数字もまあ、納得でき……」

「できるか？」

嘉村は唇を歪め、「いいや」と言った。俺がつきっきりで新宿店に力を入れていたとしたって、そんな数字がそうそう出るものではないというのは、嘉村もわかっている。

「そもそも、俺は新宿店のことはほとんど見られなかったんだよ」

俺は『Roger R』新宿店のほかに、代官山、表参道の路面店二店を受け持っている。本来ならば、三店舗を均等になるよう見ていく予定だったが、代官山店では若いスタッフが客とモメごとを起こし、表参道店ではスタッフの明らかなモチベーション低下で売り上げがガクンと落ちたため、休みも取れないままそのフォローに立ち回っていた。そして気づけば、ろくに新宿店の様子を見られないまま、すっかり二月が終わっていたのである。

佐山や小端から連絡がくるでもなかったので、俺がいなければ解決しないような問題は起きていないのだと思い、後回しにしていた。しかし、問題が起きていないどころか――この数字だ。

「くだんの佐山がなにか、……こう、ミラクルな改革をしたのか？」

「さあ、なにが起きたのかまったくわからない。今日、午後にようやく新宿に顔を出してくるよ」

そんなわけで、俺は急いでうどんを啜った。お気に入りのメニューだったが、疲労ゆえか、あまり味を感じられないのが残念だった。

新宿駅からほど近い『新宿BLUEst』は、オープンからまだ三年と新しく、ハイブランドからカジュアルまで幅広い店舗が揃った大型のショッピングビルである。

一階はラグジュアリーブランドのフロアだ。少し前まで俺がマネージャーをしていた『Roger Randolph』は、蓮谷に担当が変わり、入り口からは心なしかパリッと辛口の空気が漂《ただよ》っているように見えた。

店のショーウインドウには、巨大な広告が表示されていた。ロジャーの春の新作に身を包んだ文倉ミアが、涼しげにこちらに笑みを向けている。

俺はそんなミアの前を素通りし、エスカレーターでレディースブランドが集う三階へと足を運んだ。『Roger R』はそのフロアの隅に位置している。ちょうど接客中の森田の邪魔にならないよう、狭い店内の奥へ進むと、人懐こい笑みの小端が小さく俺に手を振った。

「なんかお久しぶりじゃないですか？　もう来てくれないのかと思っちゃいましたよ」

「すまない。代官山と表参道が想定よりもごたついてね」

「女性スタッフが、安西さんを取り合ってキャットファイトでも？」

「そのほうがいくらかマシさ」

　小端は「なあんだ」とつまらなさそうに言った。ゴシップ好きめ。

「それより小端、俺がいない間に、随分と好調みたいだが、なにかあったのかい？」

　尋ねると、小端は困ったように眉尻を下げ、首を傾げた。

「……いや、う〜ん、なんていうか、普通ですよ？」

「普通？」

「そうなんですよ、特別なことはなにもなくて、ただ普通に働いてたら、なんだか思ってた以上に調子よくて。なんでしょうね、うまく言えないんですけど……」

　小端の視線は『Roger R』店内をぐるりと一周した。『Roger Randolph』よりも個性的で若々しいアイテムが並び、言い方は悪いがゴチャゴチャとした店内だ。けれど漂う空気はどこか心地いい。若い女性を接客する森田の横顔は、本人の美しさとはべつの輝きを放っているように見えた。

「なんだか、ぴたっときたんですよね」

　小端は静かにそう言った。その清々しい彼の横顔を見て、俺はいったいこの店になにが起きているのか、話を聞くのも面白いと思ったのだ。

俺は手初めに、休憩に入る森田めぐみを呼び止め、ビル内のカフェに誘った。

彼女は少し前までのギャルの装いが嘘のような、シックな『Roger R』のジャケット、パンツのセットアップに身を包んでいる。赤のアイラインがピンと跳ねた目元は小悪魔っぽく、『Roger R』のコンセプトにマッチした毒気を孕んでいた。すっかりロジャーのスタッフ然とした姿である。「絶対に森田はこの店に外せない」と断言した佐山には、彼女のこの姿が見えていたのかもしれない。

「そもそも、きみは、どうして毛色の違うロジャーに来てくれたんだ？」

率直《そっちょく》に尋ねた。言葉の通り、森田にとって、ジャンルの異なるブランドへの転職だ。見た目をすっかり変えてまで来てくれたのはありがたいことだが、勤務地も大きく変わり、しかも初めからたった半年という期限つきである。彼女には手間はあっても、たいしたうまみがあるとは思えず、気になっていたことだった。

「まあ、わたしももう二十五だし、ギャルも無理が出てきたから、ちょうどよかったかなって」

森田はティースプーンで紅茶に落としたミルクをかき混ぜながら、退屈そうな口調でそう答えた。

「ちょうどいい、とは？」

「女の二十五って、わかります？　若いけど、ものすごく若いわけじゃないから、もうかわいいだけじゃ駄目だって、親とか彼氏に言われるんですよ。まあ、確かにそうかなとは思ってたんだけど……」

森田は容姿の美しさから、取り巻く男たちにさぞ甘やかされてきただろう。どこか奔放《ほんぽう》な立ち居振る舞いから、それはなんとなく予想できることだ。そんな彼女も二十五歳になって、周囲から常識や教養を求められ始めた。男女かかわらず、二十五といえば、若いということが言い訳にできなくなり始める年頃だ。

彼女が言っている言葉の意味は理解できる。しかし、俺がした「なぜロジャーに来たのか」という質問の答えとしては、どこか横道に逸れているようにも聞こえた。どう聞き直そうかと思いあぐねていると、森田は紅茶のカップに口をつけ、一息つくとこう言った。

「でも、悠介は、……かわいいだけでいいって言うの」

「……。……ええと、佐山が、そんなことを？」

「うん。おかしいでしょ、笑っちゃう。わたし、ずっとギャルの店で販売やってて、ロジャーなんてラグジュアリーの知識もない。販売だって凄腕ってわけじゃない。だけど悠介は、今まで見てきた販売員の中で、わたしが一番かわいいって。だから、自分の店に欲しいんだって。かわいいだけでいいんだって」

「………………」

驚いた。にわかには信じがたい話だ。佐山が、女性に対してそんな気の利いたことを言う姿は想像できなかった。

しかし、だからこそ佐山のその言葉は、森田の気を引くためのおべっかや、ましてや口説き文句でもないのだと思えた。思ったことを、そのまま口にしただけだ。きっとそう聞こえたから、彼女も今ここにいるのではないだろうか。

「わたし、それがすごく嬉しかったの。だから、悠介のためなら、頑張ってもいいかなって思ってるんだよね」

そのあと、森田は俺がいない間の職場のことを楽しそうに話して聞かせてくれた。今日、店の入り口に立っているトルソーは、佐山に頼まれ、森田が着せたそうだ。トルソーは新作の服を、若いトレンドを取り入れながら女性らしく着こなしており、佐山でも小端でもないとは思っていたので納得できた。

話の間、森田は佐山のことを一言も悪く言わなかった。ただ、かわいいだけでいい。そのままのきみでいいという言葉は、きっと今の森田が一番必要としていた言葉だったのだ。それを何気なくくれた佐山に、森田は心を開いてくれた。服を変え、メイクを変え、佐山がいる『Roger R』について行くことを決めてくれたのだ。

「森田、きみはあまり俺のほうを見てくれないけど、どうして？」

カフェを出るとき、俺は最後にそんな質問をした。森田は俺に対しあれこれと話してくれたが、どうも視線が合わないことが気にかかっていた。接客業をしている以上、癖なのであれば、できるだけ早く直したほうがいい。

「えっ、だって安西さんって、イケメンじゃん。直視とか無理なんですけど。声とかもいいし。ときめいちゃったら、それって浮気でしょ」

あっけらかんとそう言われ、「あはは！」と思わず声を上げて笑ってしまった。彼女のような若くて美しい女性にそんなふうに評価されたら、本来ならばもっと違う感情が湧き上がるはずだ。けれど屈託《くったく》なく笑う彼女に、明るい気分にこそなったが、照れてしまうようなむず痒さは不思議となかった。

店に戻り、次に俺が声をかけたのは、岸本貴恵だ。休憩がてら、喫煙《きつえん》ルームに行くというので着いて行くと、彼女は「どうぞ」と一本を俺の口に咥《くわ》えさせ、火をくれた。煙草を吸うのは久しぶりだった。

仕事はどうかと尋ねると、長く接客業を続けてきたクールな彼女は、紫煙《しえん》を細長く吐き出し、低めの声で答える。

「わたしはどこだろうと、誰の下だろうと、関係ないから。自分の仕事をするだけ」

つっけんどんな言い草ではあったが、彼女の耳にはロジャーの新作ピアスがぶら下がっている。エッジの効いたモノトーンのパンツスタイル、高いピンヒールのブーティ姿の彼女は、個性的でスパイシーなファッションを好む、ロジャー好き女性の憧れを集めたような出で立ちである。彼女が好き好んでロジャーの販売員をやっていることは容易に見て取れることだ。

「岸本さんから見て、みんなはどうですか？」

次いでそんな質問をした。岸本はロジャーブランドにかかわり始めて、もう八年になるという。販売歴が長いぶん、冷静に周囲を見られているのではないかと思ったからだ。

「そうね、森田は要領があまりよくないわ、小端もまだぎこちない。だけど仕事がすごく楽しいみたいで、頑張っているし、微笑ましいわ。あのふたりは元気がよくて明るいから、それでなんとなく店の雰囲気がいいのよ」

「佐山は？」

「……彼は」

岸本はわずかに唇の端を歪ませる。「変わってる」と続けた声に、佐山に対するいら立ちや嫌悪の色はなかった。

「接客下手よ、あの子。口が上手くないの、間も悪くて、挙動不審。たまにお客様の驚いたような顔を見られるわ、ヒヤヒヤする」

彼女は早口にそう言ったが、「でもかわいいもんよ」と言って、短くなった煙草の火を消した。

「男のプライドとか、店長の責任とか、年下であるプレッシャーとか、なんだかそういうのって彼の中ではどうでもいいのね。わからないことはなんでもすぐ聞いてくるし、鬱陶しいくらいよ」

俺は思わず「へぇ」と感嘆の声を漏らした。あの佐山が、自ら岸本にコミュニケーションを取りに行っている。もちろんそれくらいしなければ店は回らないとわかっているが、そう実際に聞かされると意外に聞こえてしまった。

そして、彼の心境にどんな変化があったのだろう、と浮かんだ疑問は、岸本によってすぐに解消された。

「ただ成長したいというか、……そうやってハングリーに頑張ることで、今は満たされてるんじゃないかしら」

「…………」

俺が求める『成長』のために、佐山は自ら築き上げてきた他人との壁を、自分の力で乗り越えようとしている。その原動力に思い至り、少々の居心地の悪さを感じないではない。

しかしそれ以上に、佐山の不器用さが、果たして同僚に受け入れられるか心配だったが、どうやらそれが杞憂《きゆう》だったとわかり、俺はほっとしていた。佐山が選んだ彼女たちは、俺が認める佐山のいいところをきちんと見つけてくれている。もしかしたら、佐山はそんな彼女たちとの相性も含めて見極め、選んだのではないかと思うほどだ。

「今日、佐山はシフトお休みだけど、少し顔を出すって言っていたわ。もうすぐ来ると思うし、待っていてあげれば？　あなたがいない間、下手なりに頑張っていたと思うから、労いの言葉のひとつでもかけてあげて」

喫煙ルームを出るとき、岸本はそう言った。クールで愛想に欠けるとばかり思っていたが、その言葉は妙に愛情深く感じられる。

「あなたは大人で、優しい人だ」

素直に思ったことを口にすると、彼女は俺を見やって、嫌そうに鼻の頭に皺を寄せた。

「わたし、あなたみたいな男は苦手だって、今思い出したわ」

「ひどいな、どうして？」

岸本は呆れたような顔で「女なんか放っておいても落ちるって思ってる」と吐き捨てた。まったくもって人聞きの悪い指摘だが、俺は笑って誤魔化すだけに留めた。

店に戻ると、岸本の言う通り、ちょうど佐山が現れたところだった。以前あげたおさがりのチェスターコートの下は、細かい千鳥格子《ちどりごうし》柄《がら》のカジュアルスーツ。シャツとネクタイは艶のある黒で、なかなか悪くない出で立ちである。

彼は俺を見つけると、一瞬大きく口を開いたが、はっとして小さく咳払いをして、「どうした？」と低い声で言った。

佐山率いる『Roger R』新宿店は、たった二週間で想定以上の結果を出したのだ。彼自身もそれに無自覚ではないだろう。佐山の素っ気ない態度は、褒められ待ちの素知らぬふりに見えた。彼がもし犬かなにかなら、尻尾が元気よく振られていることだろうと想像できる。俺はそれに気付かないふりをして、「話がしたい」と彼を店の外へと誘った。

カフェへ入っても、佐山はまだ人前でものを口に入れられない。屋上テラスに誘ったが、人目があるからと佐山はいやがった。結局バックヤードのスタッフ用階段という、このビルの中で最も色気のない場所で話をすることになった。

階段に並んで座り、なによりも先に尋ねたのは、彼が選んだスタッフのことだ。

「森田を選んだのはなぜ？」

俺の問いに、佐山の頬が引き締まり、仕事の顔をしたのがわかった。彼は視線を落とし、静かな声で「森田がいると、店が明るくなるから」とぽつり答えた。

「あんたにスタッフを選ぶように言われてから、あちこちのビルの、色んなショップを見て回った。それから、このビルにも何度も通ったんだ。それで、このビルの中にオープンする『Roger R』のことを考えた。その次に、もし僕がこの店の客だったらって考えるんだ。そうしたら自然と、川崎で見た森田を思い出した。森田を見に店に行きたいし、森田のようになりたいし、森田に接客されたいと思った」

『新宿BLUEst』は、以前佐山たちが研修で配属されていた銀座と比べ、圧倒的に客足が多く、そして、客層が若い。コアなロジャーファン以外の客を引き寄せるには、森田の美貌と親しみやすさ、そして彼女の一般的な価値観が必要であるともいえる。

佐山が事前に森田のことをどこまで把握していたかはわからないが、今日改めて森田と話をしてみて、彼女の明るさや嫌味のない人懐こさは才能であると実感した。その場の空気を明るくできるということは、ものを売り、対価を得る場において、そう簡単なことではないのだ。

次いで「岸本さんは?」と尋ねた。佐山はずばり、「岸本は数字で採った」と答えた。

「数字?」

「勤務日数、勤務時間、それに対する客数と販売点数、それから総売り上げを、販売員別にデータを取った。中でも安定して数字がいい……いうなれば、販売効率がよかったのが岸本だ。客ひとりに対する接客時間が短く、しかしレジまで持って行かせる打率が高い。代官山より客足が多い新宿に来たほうが、総合的に『Roger R』の売り上げにいいと判断した」

サバサバとした印象の岸本だが、経験、知識ともに豊富《ほうふ》で、周囲を見ながら自分が今なにをすべきか瞬時に理解し、実行できる販売員は、年若い佐山たちのお手本のような存在にもなりうる。岸本のスピード感に引っ張られ、店全体の回転が速いのだとすれば、佐山たちも実力以上の働きができたに違いない。

佐山は自分になにかでき、なにができないのかを知っている。そしておそらく、できないことだらけであることもわかっている。ただ適当な人員を集めただけでは、それがうまく埋まらないことも知っていて、彼は自分や自分の店のために、最善《さいぜん》を尽くす人選をしたのだ。それらはうまく機能し、二月の結果に繋がった。明るく美しい森田めぐみ、的確でスピード感のある岸本貴恵、そして――。

「……最後に、どうして小端を選んだんだ?」

佐山は項垂れ、うなじのあたりを落ち着きなく摩《さす》った。そして口を尖らせ、ふてくされたように「僕が、一緒に働きたかったから」と、小さくこぼす。

「いいやつだから、一緒に働きたかった」

「………」

それは感情論だ。けれどそれこそが、佐山の人選の、最後のピースであると思った。

小端は銀座店での研修時代、ずっと佐山の様子に気を配り、言葉数の少ない佐山の代わりに、俺と佐山を繋いでくれた。彼らが親しい友人関係であるとは思わない、タイプの違う人種だ。けれど、孤独な銀座時代の佐山の心を、小端の優しさは少なからず支えていたのだ。そして佐山は、そのことに感謝し、小端のことを信頼している。小端がいなければ、きっとこの『Roger R』新宿店は完成しなかった。

自分でスタッフを決めてみろと言ったのは俺だ。けれど俺の知らない間に、彼は考えに考え抜いたのだ。色んな店舗を見て回り、社内で集められるデータを集め、そして最後に本当に必要なものはなにか、きちんと心で理解している。

岸本は、佐山の接客を下手だと言った。けれどそれでもいい。佐山はその不器用さを補って余りあるだけの環境を作り、結果を出したのだ。これは間違いなく佐山と、佐山を信じた彼らの功績である。

佐山は俺が思っていた以上に、早いスピードで成長している。今にもう俺の存在など必要がなくなるだろう。けれどそう思った矢先、佐山は「もういいか？」と尋ねてきた。しゅんとしょげた様子で――不機嫌、その一歩手前だ。見えない尻尾が、可哀相に垂れ下がって丸まっている。

「佐山」

彼の名前を呼ぶ声が、つい弾んでしまった。綺麗にセットされた彼の髪をグシャグシャに掻き回してやると、佐山は「ギャッ」と潰れたような声を出した。そのさまが面白く、「あはは」と上がった俺の間の抜けた笑い声が、静かな階段に響いた。

「あんたが、身なりをきちんとしろと言ったのに！」

「うんうん、そうだったね。佐山、ずっと顔を出せなくてすまなかった。よく頑張ったね」

「……っ！」

一度乱れた髪を、直してやりながら口にする。本当であれば、最初に言うべきだった労いの言葉だ。

「そんなのはいいから、このまま……直してくれ、僕の髪」

そう言った佐山の耳やうなじが、かーっと赤くなっていった。このまま、髪を、頭を、撫でてほしいということだ。相手は成果を出したかわいい部下である。この程度のお願いをかなえてあげられないほど、俺も狭量《きょうりょう》な人間ではない。

俺は彼の黒髪を指で丁寧に梳き、もとのように整えていく。ともすれば俺の掌で掴めてしまいそうな小さな頭、後頭部の膨らみを指先でたどり、その形や熱さを確認した。佐山はそれが

心地いいらしい。ぼんやりと視線を落とし、されるがままになっている。そんなゆったりとした時間が流れる中、佐山は口を開いた。

「安西、……二月のような数字を出せて、正直嬉しいが、これは偶然であるとも思う。今後も出せるとは思っていない。それでもべつに、僕は悲観的ではないんだ」

普段よりもスローなテンポ。棘のない、安心しきったような声で、佐山はぽつぽつと語る。

「ただ、今は楽しい」

ほっと息をつくように、そう言った佐山のシャープなはずの横顔が、柔らかく綻ぶ瞬間を見た。

「入ったころよりずっと、ロジャーを、……服を、好きになっている気がする」

「………」

佐山の言葉に、迂闊にも鼻の奥がツンとした。抱きしめたい衝動を押さえて、俺は佐山の短い襟足を撫でた。

「……そう、よかった」

佐山がそう言ってくれてよかった。彼をロジャーに呼ぶことができて、彼の背中を押して、こうして今、彼を店長にすることができてよかった。俺の目に狂いはなかったし、俺がしたことにはちゃんと意味があったのだ。そういう確信をくれる彼に、喜びの感情が腹の奥から沸々《ふつふつ》と湧き上がってくる。

「きみは、すごい子だよ……」

出会ったころは、まだ思春期を引きずった少年のなりだった。あの垢抜けない彼が、すっかり都会の男の顔つきで、今俺の隣に座っている。自分が纏う煙草の匂いが、もし彼のものだったとしても、きっと不思議には思わなかっただろう。

「……安西」

ふいに髪を撫でていた腕を取られ、はっとすると、眼鏡の奥のビー玉の瞳と目が合った。

「僕のこと、好きになったか？」

そう尋ねられ、どきりとした。至近距離でふいを衝かれ、どうにも上手く返事ができない俺を、佐山は一変、困ったような表情で苦笑う。

「すまない、……まだ、早かったか」

「あ………」

佐山は俺の出した条件を満たしたのだ。自ら店のスタッフを集め、彼らはみな一様に佐山に信頼を置いている。店は俺が思うよりもずっとうまく回り、数字の上で充分すぎるほどの結果を出した。

そんな佐山に感心したし、感動もしている。その出来を讃えるつもりもある。しかし。

「……ええと、そうだな。ジャケットとシャツの、色や素材感はいいけど、形がミスマッチだ。でも今日のコーディネイトはなかなかいいよ、きみは艶のある黒が似合う」

そんなふうに誤魔化すと、佐山は俺の目をじっと見つめて、静かに「そうか」と言った。そしてわずかに視線を落とし、なにか自分を納得させるように頷く。

「そうか……」

もう一度こぼれたその響きが、心なしか俺の不誠実さを責めるように聞こえたのは、俺に罪悪感があるからだろう。だから、あともう少しだ、頑張れ、なんてことを言う資格は俺にはない。

「そうだ、佐山、約束通り、きみのお願いをひとつ聞くよ。聞ける範囲でね。なにか考えはあるのかい?」

「………」

なにも言わないシャープで美しい横顔に、ずきりと胸が痛んだ。

「まあ、期限はないんだ、ゆっくり考えるといい」

すんと鼻を啜った彼の背中を摩り、最後にバシンと背中を叩いてやった。嘉村が俺によくやることだ。

佐山は近い将来、俺がいなくても、自分の力で道を切り拓き、進んで行ける逞《たくま》しい男になる。

そのころには、今俺と佐山を包む、言い知れない空気も、思い出に変わっているだろうか。

『新宿BLUEst』ファッションフロアの営業は二十一時半までだ。閉店時刻が迫り客入りが減ったところで、俺は最後のひとり――小端清人に声をかけた。

　彼を連れて向かった屋上テラスには、若い男女が身を寄せ合う姿がぽつぽつと見られたが、そんな中でもひときわ小端は目立っていて、ゴージャスだ。溌剌とした若い身体に、ロジャーの服の中でも色味や癖の強いアイテムを合わせて着飾っている。少々うるさいコーディネイトだが、不思議と彼のキャラクターによく似合っていた。

　カフェでテイクアウトしたホットコーヒーを手渡すと、彼は弾けるように「ありがとうございます」と笑顔を見せてくれた。元気で愛嬌《あいきょう》たっぷりの彼の様子は、ここ最近の忙しさに疲弊している俺には、少々刺激的にも感じられる。

　三月上旬、夜の風はまだ冬の冷たさで頬を刺し、小端の形のいい鼻の頭を赤くした。ベンチに並んで座ると、小端は日中の疲れを感じさせない、あっけらかんとした口調で「なんの話をします？」と、白い息を吐いた。

「よく来てくれたね、小端。肩書だけとはいえ、佐山の部下になるわけだろう」

「……ああ、なるほど、そういう話ですか」

　森田、岸本の女性二名は、立場の異なる派遣社員ゆえか、ある程度仕事として割り切っている節がある。年上で、佐山の不出来も理解し許容してくれる人柄であることは、先までのコミュニケーションで知ることができた。

しかし小端は正社員で、人当たりがよく、研修評価も悪くなかった。そのことを考えれば、ほかに小端を欲しがる店舗もあっただろうし、高級嗜好《しこう》の彼が、わざわざカジュアルの『Roger R』に、同期の佐山の部下としてやってくるのは不自然だ。

小端は「ううん」と小さく唸り、考え込むように視線を落とす。爪の先まで手入れの行き届いた彼の指が、リズミカルにコーヒーの紙カップを叩いた。

「俺、ゲイなんです」

小端は悩んだわりに、歯切れよくそう言った。突然のカミングアウトに面食らった俺の顔をちらりと見やって、彼は悪戯っぽく笑って見せる。

「誰にも言うつもりはなかったんです、親にも言ってません。でも佐山はべつに、誰かに吹聴《ふいちょう》するようなやつじゃないし、俺しか話し相手いないし、だから、佐山に『Roger R』に誘われたとき、軽い気持ちで言いました。俺はゲイだから、そばにいないほうがいいんじゃないかって」

それを話せば、大抵の男が距離を置く。佐山もきっと考え直すだろうと彼は思ったのだ。明るく振舞う小端の今の姿も決して嘘ではないが、その笑顔に陰があるのが俺にもわかった。

「……だけど、〝だったらなんだ〟って言われたんです」

佐山にとって、小端の性的嗜好がどうであろうと、文字通り、関係がない。自分が小端を信用し、一緒に働きたいと思った。その心だけで、佐山はそう言ったに違いない。

「そしたら、なんだかすーっと気持ちが楽になったんです。……ああ、佐山と一緒に働くのもいいかなって……」

「……そうか。話してくれてありがとう、小端」

「あはは、まあ、安西さんにならば、話しても大丈夫かなって思っているんですけど」

小端は俺を見上げ、「どうですかね？」と、頼りない声で伺いを立ててきた。

「小端、イギリス人の知人が俺にコートを送ってくれた、と言ったろう？　彼もゲイだよ、こういう業界だ、たくさんいる。俺も今まで、何度尻を撫でられたことか」

「あはは、はい、うん。安西さん、かっこいいからなあ」

笑って自分の不安を誤魔化そうとする、そういう彼の背中を軽く叩いてやった。

「女好きを触れ回るような馬鹿はいないんだ、きみもべつに男が好きだと公表する必要はない。けれど、苦しかったろう」

「…………っ」

はっとして俺を見つめた小端の瞳が、じわりと滲んだ。鉄壁の笑顔がわずかに歪み、わななく唇が、小さく「はい」と告げる。

「俺、佐山のこと守ってあげたいなって思ってます。『Roger R』は撤退するけど、それまでの間に、助けてあげられることは、精いっぱいしたいって……」

佐山には、本当に見る目があるのかもしれない。俺は小端のことも見ていたはずだったけれど、彼がこんなにいい子だとは知らなかった。

けれど彼は佐山と比べ、少々ずる賢く、甘え上手だ。いじらしいふりをして、身体の間でさりげなく繋がれた手をどうするべきか、悩ましい。

「ところで、きみはその……」

佐山に気があるのか、とストレートに尋ねるのは気が引けた。小端は言いよどんだ俺を笑って、「ないです、ないない」と明るい調子で言った。

「俺、今彼氏いますし。もっと、こう、マッチョで逞しい感じの」

「へえ、俺と手を繋ぐのはいいのかな?」

「あ〜これは、その、……記念みたいなもので」

「記念って」と俺が突っ込むと、小端は悪戯っぽく「えへへ」と笑った。まあ今回ばかりは不問にしてやろう。

営業時間が終わると、店の片づけと簡単な掃除をして、レジ締めの仕事がある。テラスでの短い時間を終え、スタッフ用のエレベーターで店に戻るとき、小端は小さな声で言う。

「あの、安西さん」

「うん?」

「……えっと、その、佐山は、安西さんのこと」

　そう言って、小端は言いよどむ。ゲイだということを差し引いても、もともとゴシップ好きで、他人の色恋にはさぞ敏《さと》いだろう。俺が「そう見えるか？」と尋ねると、小端はへらりと笑って後頭部を掻いた。

「まあ、あいつ、意外とわかりやすいっていうか。いつもすごい目で安西さんのこと見てたから。……ていうか、安西さんも、知ってて」

「……あの子を、あまり刺激しないであげてくれよ？」

「どうしてですか？」

「応えてあげられないから」

　小端は目を丸くして俺を見上げ、やがて困ったような表情で笑った。

「…………大人、ですね」

　小端はそれを、大人は卑怯だ、という意味で言ったのかもしれない。

　けれど歳を取ると、これが次第に当たり前になっていくのだ。応えられない好意には気付かないふりをしたり、うまく避けていなしたりしながら、その気がないことを無言で伝え、相手の気持ちが萎えていくのを辛抱強く待つこともある。ぶつかり合い、傷つけあう色恋は若いうちに済ませておくといい。もし仕事に影響が出るようなことがあれば、半人前の烙印《らくいん》を押されてしまうからだ。

　佐山の想いを、俺は真正面から受け止めることができなかった。だから、ロジャーの社員として一人前になったら、関係を検討するだなんて条件を出せたのだ。俺が彼と同じ年か、あるいは本当に誠実な男だったなら、きっとあの夜に、きちんと佐山を振っていただろう。

それができなかったのは、彼を失うのを惜しいと思ったからだ。放っておいたら、佐山は原石のまま、ほかの石に埋もれて朽《く》ちていくだろう。俺は拾い上げたその石に、身勝手な夢を見ている。二月の売り上げや彼の仕事ぶりに、その夢はさらに膨らむばかりだ。

俺はきっと、佐山のいい彼氏にはなれないだろう。俺は佐山の成長を誰よりも願いながら、その恋心が折れ、真っ直ぐなまなざしがいつか俺から離れていく未来も、同時に強く望んでいるのだ。

店に戻ったあと、もう時間も遅いからと、残っていた岸本を先に帰した。男三人で片付けをして、簡単に業務や今後入ってくる新作の話をする。最後に灯りを消し、ストックルームに鍵をかけて、ビルのスタッフ通用口を出た。

するとそこで、帰りがけの蓮谷と運悪く出くわした。蓮谷は俺の顔を見るなり、嫌そうに唇を歪めて見せる。

「安西。随分と調子がよさそうだ。そいつらも懐いているんだな、さすがだよ」

さすがの蓮谷も、二月は売り上げを落としている。調子のいい『Roger R』が気に食わないのだ。しかし、忌々しげな表情はすぐに一変した。唇の端を意地悪く歪め、俺の肩をぽんと叩く。

「失敗をしないといいな、……あのときみたいに」

そう耳元で言うのなら、佐山や小端に聞こえないボリュームで願いたい。薄ら寒い感覚に脊《せき》髄《ずい》を撫で上げられた気がして、じわりと皮膚の奥から汗が滲み出る。

蓮谷は俺の強張った顔をじっとりと眺めたあと、「じゃあな」と言って去って行った。俺の後ろで、事情を知らない小端は「相変わらず困った人ですね」と苦笑し、佐山は黙って顔をしかめていた。

「なんでもないよ、蓮谷の言うことに逐一付き合わなくていい。さ、帰ろう」

新宿駅前で、路線の違う小端と別れた。佐山と同じ電車に乗り込むと、「さっきのはなんの話だ」と、無遠慮に問われた。

蓮谷の意味深な発言を聞いたときには、こうなることはある程度予想ができていた。俺が「さあ」と肩をすくめて見せると、佐山は不服そうに俺を睨む。もちろん俺も、こんなリアクションひとつで佐山を振り切れるとは思っていない。

「俺にだって、恥ずかしい過去のひとつやふたつあるさ。蓮谷は、きみたち後輩の前で、俺に恥をかかせたかったんだろう。あまり追及してくれるなよ、きみに先輩風を吹かせられなくなる」

ここまで言えば、今までの佐山は押し黙ったものだ。しかし珍しく、彼は俺をじっと見つめて、ぽつりつぶやいたのだ。

「最後のショーのことか？」

「…………」

押し黙ったのは俺のほうだった。

この瞬間、自分がどんな顔をしたのかは定かではない。しかし俺を見上げた佐山が、ぎょっと目を丸くしたのを見る限り、さぞひどい顔だったのだろうと予測できる。

「……すまない。あんたは二十四歳でモデルを引退している。蓮谷さんは、その最後のショーのことを言ったのかと思ったから」

「つい」と、ばつが悪そうに言い、佐山は眼鏡のブリッジを押し上げる。

俺は「どうしてそれを」と尋ねかけた口を閉じた。ネットで少し調べれば、当時のニュース記事を読むのは簡単だ。今、佐山のそばにはゴシップ好きの小端もいる。同僚の間から噂話をかき集め、それを佐山が聞きつけていたとしても、なんら不思議ではなかった。

平静《へいせい》を装わなければと自分に言い聞かせる一方で、「昔の話さ」と言った自分の声は動揺に震え、電車の窓に映っている自分の微笑は引き攣っている。

足のつま先が冷え、それとは逆につり革を掴む掌に汗をかいた。眼球の奥で、カメラのフラッシュがちらつく。俺は強い眩暈にこめかみを押さえた。

昔の話だ、もう終わったことだ。けれどあのときの感覚は、今もなお俺の神経に棲《す》み着き、些細なきっかけでこんなにも鮮明に蘇る。

「安西」

佐山の声にはっとする。今なにを思っているのか、無表情の彼は、俺の様子を観察するように見つめていた。

「あんた、僕のお願いをひとつかなえてくれると言っただろう。その最後のショーで、なにがあったのか、聞いてもいいだろうか」

俺は息を呑む。窓ガラスに映る自分の顔を確認し、とっさに普段通りの表情を作った。

「……そんな話、聞いてもなにもおもしろくないさ。せっかくのご褒美なんだ、もっと有効に使ったらどうだい。なにかものを強請るとか、あとは、そうだな、たとえば……」

「安西」と、俺の言葉を遮って、佐山は言う。

「あんた、さっき蓮谷さんにそのことを仄めかされたとき、随分ひどい顔をした」

「…………」

俺を見る彼の目は真剣そのもので、これ以上の俺の誤魔化しを許してくれそうにない。

「僕は、あんたにそんな顔をさせることができるものに、興味がある」

佐山の真っ直ぐさは、こういうとき俺の胸を抉《えぐ》るのだなと思った。

佐山は俺を好きだと言った。好きな人のことをただ知りたいと欲することは、ごく自然な欲求だ。相手は勉強熱心な佐山なのだから、なおのこと。俺がなにに喜びを感じ、どんなことに怒り、悲しみを覚えるのか。彼はそれを知りたがっている。

「佐山、俺は――……」

なにか言わなくては。そう思うのに、言葉が続かない。

二十四歳の冬、裸足で歩いた、『Roger Randolph』のランウェイ——あれは絶望の淵だ。あのときの俺は、なすすべなく、ただ奪われていく痛みに耐え、歩くしかなかった。

そしてあの日以来、なにかに心を動かされることはなくなってしまった。湧き上がるような喜びも、ふさぎ込むような悲しみもない。

佐山は、そんな俺から、それらを引き出そうとしているのだ。

「——……っ」

そのとき、ちょうど電車は目的の駅に着き、ドアが開いた。俺ははっとして佐山の横をすり抜け、車両を降りる。

「……ごめん。おやすみ、佐山」

佐山の顔を見ずに言った。いつも通りでいられない歯痒さと、思い出したくないことを掘り返されるばつの悪さに、顔を見せられないと思ったのだ。

「はぁっ、はぁっ……」

逃げるように駅の改札を出たとき、息が切れていた。

情けない。昔のことだ、終わったことだと言いながら、蓮谷に簡単に揺さぶられ、佐山に核心を突かれたくらいで、こんなにも動揺している。

——……お前って、誰にでも優しいけど、誰にも興味がなかっただろ。

――心を閉じてる。

今になって、嘉村に言われたことを思いだした。

こうするしかなかったのだ。だってそんなふうに生きていれば、穏やかな日々を、ただ過ごしていられた。あの日見た絶望に蓋をして、仕方がなかったのだと自分に言い聞かせて、いつも笑っていい人でいられれば、みんなが俺を生温《なまぬる》く愛してくれた。誰の心にも踏み込まずにいれば、俺の心は誰にも踏み荒らされずに済んだのだ。

なのに俺は踏み込んでしまった。

わかっていたはずなのに、佐山悠介の人生に介入してしまった。俺が踏み込んだぶん、佐山に踏み込まれることに、どうして気付けなかったのだ。

「…………っ」

夜の空に白い息を吐く。

ひとりでいることが心細いのに、家で恋人が待っていてくれたら、という甘い願望は湧かなかった。嘉村を含めた友人の顔がいくつか浮かんだものの、結局誰に連絡することもできず、一度取り出したスマホをポケットに戻す。今は誰と顔を合わせても、すべてを誤魔化して笑うだけだ、意味がない。

真っ直ぐ帰宅する気分にもなれず、俺は偶然目についたオーセンティックバーに入った。

暖かく雰囲気のいい店内と、慰めるようなジャズに包まれると、一息つける心地がした。普段飲むものよりも値の張るグラスをゆっくりと飲み干したら、どこか投げやりだった気分が修復されていくような気もする。店内の客はまばらだが、人目があるというだけで、自分自身を取り繕おうという細胞が奮い立つのだ。

バーテンと会話を楽しめる気分ではなかった。隅のスツールで大人しくしていたつもりだったが、次の予定までの暇つぶしか、水商売らしい年上の女性が俺の隣に座ったので、少しの間だけ彼女の話に付き合うことになった。

「あなたって嫌な男ね、もてるでしょう」

俺は彼女の愚痴に相槌《あいづち》を打っていただけのつもりだったが、彼女がふいに黙り、俺の顔を眺めてそんなことを言った。岸本が俺に言ったことと似ていると気づき、少しだけ笑えた。

「憂いがあって、寂しいの。なにかに傷ついていて、助けてほしいって顔をしているわ」

「……セクシーってこと？」

彼女はふっと笑みをこぼして、「そんなところかしら」と言い、おどけた俺を許してくれた。本当は、彼女には今の俺が、捨てられた子犬のように頼りなく見えたのだろう。雨ざらしの俺に傘を傾けるために、彼女は俺の隣に座らずにはいられなかったのだ。

「ありがとう」

そんなふうに礼を告げたとき、ようやくいつもの笑みを浮かべられるようになった。腕時計を確認したら、もう日付が変わっている。男を待っているという彼女の隣の席を立ち、俺は支払いを済ませて店を出た。

まだぽつぽつと人通りのある駅前を抜け、帰路についた。アルコールで火照った頬に、夜の風が心地よく感じられた。ざわついていた気持ちが落ち着きを取り戻し、冷静なぶん、今の自分になにも思わないわけではなかった。

助けてほしい——か。

二十四歳の冬、俺の身体は一度バラバラに砕けてしまった。その欠片をかき集め、綺麗に繋ぎとめたと思っていたけれど、あの日から俺には、なにかが足りないままだ。モデルをしていたころと変わらずロジャーのことは愛しているのに、仕事はなぜかできることをこなすばかりで張り合いがない。

もしも助けを請うのであれば、きっと相手は神様か魔法使いだ。俺の欠けたパーツは、きっとまだあの日のランウェイに置き去りになっているのだから。

佐山には悪いことをしたと思った。うまく振舞えず、みっともないところを見せてしまった。心根の優しい彼のことだ、心配をかけてしまったかもしれない。

明日は朝一で新宿店に顔を出して、今夜のことを彼に詫《わ》びよう。少し疲れていたのだと、なにか適当な言い訳をして。そして約束の願いは、なにかべつのものを提案して、うまく説得を——。

そんなことを考えながら歩いて、自分のマンションにたどり着いたとき、エントランス前に黒い塊を見つけた。見覚えのあるチェスターコート、千鳥格子柄のスーツの男が、植え込みの縁に腰かけ、身体を丸めている。

「佐山……」

ゆっくりと顔を上げ、彼の銀縁眼鏡の奥のビー玉の瞳が、真っ直ぐに俺を見つめた。

あのあと反対の電車に乗り換えここまで来たというなら、どれだけの時間をここで過ごしていたのだろう。可哀相に、白い肌は寒さにさらに白くなり、唇も血色を失っていた。

俺は慌ててポケットのスマホを確認し、「ああ、ごめんよ」と謝った。俺のスマホには二件着信があり、どちらも佐山の名前を示していた。

「安西……」

「佐山、いったいどうしたんだ。風邪でも引いたらどうする、ほら、立てるかい」

俺はいつもの調子で優しい声と微笑を作る。腕を掴み、引っ張り上げて立たせると、俺を見つめる佐山の瞳がひときわ輝いた。それは喜びや恋にきらめく光ではない。分厚い涙の膜が、マンションの明かりを反射したのだ。

「安西……っ！」

「……っ！」

悲痛にも聞こえる涙声が俺の名前を叫び、佐山は体当たりのような勢いで、真正面から俺に抱き着いてきた。よろめきかけたがなんとか踏ん張り、佐山の身体を抱きとめる。

「佐山……？」

彼は俺の背中をきつく掴んでおり、少し肩を押したくらいでは引き剥がせそうにない。突然のことに困惑する俺に、佐山は「ごめん」と声を震わせて言った。

「その、自分でも、わからなくて」

「……わからないって？」

「僕はさっき、あんたになにか、ひどいことを言ったみたいだ。思ったことを言っただけで、悪気はなかったけど、あんたを、傷つけてしまったと思って、それで」

珍しく平静を保てずにいる佐山の背中を、宥めるように摩ってやる。「落ち着いて」と言ってはみたが、彼は構わずに声を荒げた。

「――それで、怖くなって。気づいたら、ここまで来ていた」

そして息をつく間もなく、佐山は責めるように「あんたのせいだ」とつぶやく。

「あんたが、あんなふうに〝おやすみ〟を言うから……」

「なに……？」

「僕のことを見もしないで、おやすみを言うから……っ！」

確かに俺は、つい先ほど、彼に背を向けたままおやすみを告げた。それは彼に、これ以上みっともない顔を見せられないと思ったからだ。自分の身を守ることに必死になって、佐山から逃げたからだ。

けれどそれは、彼にとってまるで違う意味を持った。俺の素っ気ない態度に、嫌われてしまうという焦りに襲われ、居ても立ってもいられず、わざわざ訪ねて来たというのだ。

「安西、まだ僕を、嫌いにならないでくれ……っ」

「そんな、佐山、俺は……」

「まだ頑張れるから……っ！」

彼はまだ走れると言っている。あの日、俺が悪戯に引いたゴールラインを目指して、走らせてくれと懇願し、俺に縋《すが》りついているのだ。

俺が誰かに奪われることや、俺に嫌われ、見捨てられてしまうことにこんなにも怯え、その恐怖を背負ってなお、なぜ彼は走れるのだ。

「安西、好きだ……っ」

「――っ」

その想いだけが、佐山をそうさせるというのか。

あのとき髪を撫でる俺の指先にその身体のすべてを委《ゆだ》ね、褒められれば頬を熱くし、まだ届かないと知るたびに落胆して、そして今は、俺に冷たくあしらわれることを、まるでこの世の終わりみたいに嘆いている。

不機嫌で、意地っ張りで、そのくせ真っ直ぐな変わり者だ。俺の一挙手一投足にその人生を左右され、繊細な心を揺さぶられながら、毎日どんな想いで服を選び、店に立っていたのだろう。

「うっ、ふ……っ」

俺の襟元に顔を押し付ける佐山の、その喉がしゃくりを上げる。詰まった息が漏れるのを聞いて、俺はようやく、佐山は泣いているのだとわかった。

「さ………」

なにかを言いかけたが、途切れて消えた。彼の名前を優しく呼んで、なにも心配することはないと、いつも通り言えばいい。優しい笑顔を取り繕って、気の利いた言葉を並べ、いつもの安西慶治を演じればいい。なのにそれができなかった。

俺は、佐山を侮っていたのだ。

彼はまだ子どもだ、生まれたての、もの知らぬひな鳥。こんな坊やなら、簡単に言いくるめていなすことができるだろう。そんなふうに、彼や彼の抱える恋を、甘く見ていた。

どうして佐山の恋がただの勘違いで、いずれ自然と消える儚いものだなどと思ったのだろう。彼の賢さや美しさ、その心の清らかさを理解し、彼の闇の奥に夢を見ながら、なぜ俺は、佐山の恋だけを見誤っていたのだ。

どうして俺は、こんなに一生懸命に生きる佐山の想いに、真摯に向き合ってあげられなかったのだろう。彼の想いを嘲笑《あざわら》えるほど、悪い男にもなれないくせに。

「………っ」

俺は、俺の胸に涙をこぼす佐山の、冷えた身体に腕を回し、抱きしめた。

一瞬息を呑み、なおも泣き続ける彼の背中を撫でたら、あの日できた胸の空洞《くうどう》が軋んだ音を立てた気がした。

つい数分前までの俺に、佐山を恋人にする気なんて少しもなかった。けれど彼の人生に介入したその責任を取ろう、その涙の代償を払おう。きみが本当に、俺のところまでたどり着いたなら、そのときは――。

「佐山……」

シミの怪物は、俺の足首を未だ掴んでいる。

逃げるな、目を背けるな――この恋に向き合えと、訴えていたのかもしれない。

「――いいよ、話そう」

きみに向き合うとは、こういうことなのだろう。

3

初めてカメラの前に立ったのは、十九歳の春だった。

原宿でスカウトされて、その翌週には撮影があり、すぐにファッション雑誌に自分の写真が載った。そのころは大学で単位を取るのに忙しかったし、自分の置かれた状況の目まぐるしい変化に、頭はまったくついていけていなかった。

「もったいないよ、きみって、雰囲気がすごくいいんだ。だから、モデルとして、きちんと仕事してみないか。そうだな、あるいはタレントなんて興味ない？」

「……ええっと、はあ」

大人たちに代わる代わる甘い言葉を囁かれたが、あまり現実的には捉えられなかった。自分のスタイルの良さについてはある程度自覚があったが、顔は派手ではなかったし、性格もあまり前に出るタイプではない。とてもじゃないが、大人たちが言う華やかな世界で、自分が生きていくビジョンはなかったのだ。

しかし、ほかにこれといってすることもなかった。実家暮らしのためバイトもそれほど熱心にしなくてよかったし、バンドやスポーツも少し触ってみるだけで熱中するまでには至らない。女性にモテようという意欲もなかった。それでもいつも恋人のような存在の女性はそばにいた気がする。俺も若かったせいか、誰とも長続きはしなかったけれど。

そんな中、周囲の大人たちにおだてられて、流されるまま、一番続いたのがモデルの仕事だったのだ。細々とやって、就職が決まれば自然と辞めるだろうと思っていたが、二十歳の冬に『Roger Randolph』の広告モデルに抜擢されると、俺の意思とは関係なく、知名度が上がり、モデルの仕事は増え、次第にそれは俺の意識をも変化させていった。

「慶治、あなたって子は、とてもいい子で器用なのよね。だけどちょっとぼーっとしているところがあるの、小さいときから変わらないわ」

撮影のため、急きょイギリスへ行くことになったと伝えたとき、母は狼狽えることなく、穏やかな口調でそう言った。このとき初めて、俺の性格の妙な穏やかさは、母親譲りなのだということに気付いた。

「お母さんは、いいと思うわ。ときには流れに身を任せて、周りに動かされて変わっていくのも。人生なんて、なるようにしかならないのよね」

俺は確固たる意志を持たないまま、流れに身を任せ続けた。その結果、ロジャーでのモデルの仕事は徐々に生活のメインとなり、海外のランウェイをいくつか歩くまでになったのだった。

最初こそ、名前くらいは聞いたことがある、という程度の認識でしかなかったものの、ロジャーの服は不思議と着るたびに好きになっていった。身に着けるだけで、角のない自分という人間が毒気を孕み、危うさを纏う、アヴァンギャルドな色と形。妖しくも優美であり、独創的でありながら、その槍と盾のエンブレムが示す通り、厳粛《げんしゅく》な精悍《せいかん》さをも匂わせるデザイン。

　そのアンバランスという絶妙なバランスが、俺の真面目さと無知、地味な性格と栄える見目に、恐ろしくマッチしていたのだ。それに気付いたとき、ようやく周りの大人たちの言葉の意味を理解した。俺自身の価値は、俺が思う通り大したものではないのだ。だがそれは、服を着たときに現れるものだったのだ。

　この身体はロジャーのものだ。俺のものではない。そうわかってからは早かった。身体と服――その境目は次第に曖昧になり、見えなくなる。見た目ばかりで味気のない俺の身体を、ロジャーは毒のように侵食し、心さえも蝕《むしば》んでいった。

　それが当たり前になると、ロジャーが俺の人生の一部になる前までの俺は、不完全だったのだとすら思うようになった。着飾って初めて、自分が人間であることを自覚し、意思を持ち、地面を踏みしめる感触を覚え、生きた心地がした。月日を重ね、周囲の大人たちにひとりの人間として扱われるようになると、その融合はより強固なものに変化していくのだった。

　俺は年若いモデルの中で、珍しいと言われるほど仕事に真面目だった。活躍に比例して周囲に人が集まるようになったが、悪い誘いには付き合わず、言い寄ってくる女性たちに溺《おぼ》れることもなかった。事務所の言いつけを守り、生活を節制し、身体を作り、万全の体調で時間通りに仕事へ向かう。ただこれを続けた。禁欲的であると言われたが、我慢をしているわけではなかった。ただほかに目移りができないほど、ロジャーに没頭していたのだ。

大学卒業後は、『ロジャーランドルフ・ジャパン』に入社した。モデルであることで優遇され内定をもらったのは明らかで、撮影の影響で仕事を抜けることもしばしばあり、同期のみならず、先輩からもしばしやっかみを受けたが、幸いにも嘉村という友人に恵まれたおかげで、職場もさほど苦ではなかった。ロジャーという麻薬が、俺を打たれ強くしていたのかもしれない。

「なあ安西、お前、あの支倉ミアと親しい仲だって本当か？　付き合っては、……いないよな、まさか」

ある日の仕事終わり、嘉村がそんなことを尋ねてきた。モデル仲間の支倉ミアは美しい女性だったが、そのときの俺は年上の恋人がいたし、身に覚えのない疑いだった。

「まさか。撮影でたまに一緒になるくらいさ。確かに恋人役のような設定のときもあるし、連絡先くらいは知っているけど、仕事の話を少しするくらいだよ。彼女は真面目だ。簡単に男と遊ぶような女性じゃない」

「でも、ファーストネームで呼び合う仲だって聞いたぜ」

「彼女は海外育ちだし、そんなものじゃないか？　くだらない、誰がそんなことを」

嘉村は頬を掻き、「だよなあ」とぼやくと、事の発端《ほったん》を教えてくれた。

「同期の蓮谷だよ、ほら、ひときわお前に当たりが強い。あいつがお前とミアの仲を疑っているのを小耳に挟んだ。蓮谷はミアを狙っているんだろう。だからお前のことが気に食わないんだ。ミアと距離が近くて、自分よりも見た目がいい」

蓮谷がもしそんな理由で俺を目の敵《かたき》にしているのであれば、実に下らないことだと思った。だが同時に納得もできた。

蓮谷は出生も学歴も俺より上だ。当時仕事ぶりは十人並みだったが、見た目もそれほど悪いわけではない。なぜ自分よりも明らかに〝下〟の俺に強く当たるのか皆目見当もつかなかったが、それがまさか女がらみとは、みっともなく、実に蓮谷らしいことだと思った。

「そういえば蓮谷は、よく撮影の見学に来ているな」

「やっぱり！　ずるいぜ、俺だって近くでミアを見たい。蓮谷め、コネだな、コネでミアを見に行っている」

そう言われてから、確かに撮影現場で見かける蓮谷は、ミアに対して積極的であるように見えた。しかしそれは、俺にとってあまり興味をそそられることではなかった。

その後、身長や見た目のバランスがいいのか、俺はミアとペアでの撮影が続いたが、彼女との関係が友人以上に発展することはなかった。俺は淑やかで落ち着いた年上の女性がタイプだったし、ミアは冗談抜きに「今は仕事が恋人」だと口にしており、それを体現するようなストイックな仕事ぶりだった。そんな真面目な彼女だからこそ、気の合う友人同士になれたのかもしれない。

しかし蓮谷は、俺と顔を合わせるたびに、なにかと文句をつけ、俺を罵った。それは次第に加熱していき、周囲が俺に同情し、社内でも有名になるほどだった。

「蓮谷くんとモメ事を起こすんじゃないぞ、くれぐれも」

ある日、人事部に呼び出されそう告げられた。つまり、蓮谷になにを言われても我慢しろ、ということだった。みな蓮谷の厄介さには辟易していながら、誰も止めることができなかったのだ。

俺もそのことは理解していた。蓮谷が幼稚なぶん、俺は早く大人になろうと思った。腹が立つことも多々あったが、暴力を振るわれたり、仕事を妨害《ぼうがい》されたりするような実害はなかったし、俺はただ黙って、耳を塞ぐことにしたのだ。

——そして二十四歳の冬はやってきた。

日本で『Roger Randolph』の新作をお披露目《ひろめ》する機会があり、そのショーのランウェイに立つことになったのだ。日本では珍しい大規模なステージで、『ロジャーランドルフ・ジャパン』関係者はもちろんのこと、イギリス本社スタッフも出席し、メディア取材も多数入った。

俺のその日のラストの衣装は、柄物のシャツにオフホワイトのダブルのスリーピース、艶のある素材だが爽やかな印象のスーツだ。

しかしその日のメインはスーツではない——革靴だ。キャメルカラーのタッセルローファー、色もパーツも爽やかでかわいらしいが、形状はシャープで攻撃的。革素材の上に特殊なコーティングが施してあり、角度や光の加減で、その艶に青みや黄色みを帯びて見えることから、それをガラスの靴にたとえ——名を『Cinderella《シンデレラ》』。担当デザイナーの自信作だそうだ。

今日の主役はこの靴だ――それに足を入れたとき、そう確信した。

俺の足のサイズにぴったりと合う特注の二十九センチは、それまでに履いたどの靴よりも軽く感じられた。まるで俺の足そのものだ。俺が履くことでその靴は完成する。靴は、履き手という最後のパーツに、俺を選んだのだ。

しかしその靴は、俺がランウェイに出る少し前に、控室から姿を消した。

靴がないと叫んでから、スタッフ総出で会場中を探し回った。自分の出番を控えながら、ギリギリまで協力してくれたモデル仲間もいた。べつの靴を履くこともできただろう。しかし俺にはそれができなかった。今日履いたどの靴も、このスーツにはミスマッチだ。ほかのモデルの靴はサイズが合わない。

そしてなにより、俺が靴を選んだのではない。靴が俺を選んだのだと知っていた。自分はその靴を履いて初めて満たされ、ランウェイを歩くのに足りうる価値がつくのだと、知っていたのだ。

俺は裸足のまま、最後のランウェイを歩いた。

そのとき、俺の身体から『Roger Randolph』が――あんなにも身体に馴染み、交わっていたはずのロジャーが、引き剥がされていく音を聞いた。血管に絡みつき、筋肉に溶け、細胞の奥深くまで根を張っていたそれは、俺の身体の組織をぶちぶちと引き裂き、バラバラに破壊しながら、引き剥がされていったのだ。

ロジャーに没頭し、捧げてきた五年の月日が、走馬燈《そうまとう》のように脳内を駆け巡った。そうしてただの安西慶治に戻ったとき、俺はただロジャーの服が好きで、モデルとして光の中に立っている瞬間を愛していたのだと知った——ああ、今生きていると、そんな人間らしい活き活きとした瞬間をくれるロジャーが、ただ好きだったのだ。

流れに身を任せただけだ。最初はそうだった。だけど失って、それが自分の人生をどれだけ支配し、導いてくれる、大切なものに育っていたのかを知った。

俺はランウェイを降りたあと、絶望に打ちひしがれて膝を折るようなことはなかった。ただしその代わりに、泣くことも怒ることもできなかった。引き剥がされたロジャーは、俺の身体から心も一緒に連れていってしまったのだと思った。

そして裸足のまま控室に戻ったとき、そこには蓮谷が立っていた。青い顔をして、握った拳を震わせていた。

「……なぜ、ほかの靴を履かなかった」

蓮谷が震える声でそう尋ねてきたのを、呆然と聞いた。

彼がなにかをしたのは明白だったが、胸倉を掴んで問いただす気力も抜け落ちていた。いつも通りの高圧的な態度で、「ざまあみろ」とでも罵ってくれれば、俺はこの男を疑わなかっただろう。

「蓮谷、お前はロジャーをなめているのか」

ロジャーを、モデルを、仕事を、そして俺を、見くびっているのか。それは蓮谷の問いに対して、自然と出た言葉だった。蓮谷は頬を強張らせ、口をぱくぱくと動かすも、結局それ以上はなにも言わなかった。

あとから知ったことだが、そのころちょうど、ミアが俺の車の助手席に乗るのを誰かが見たとかで、噂話が盛り上がっていたそうだ。仕事で帰りが遅くなれば、俺は恋人ではない女性を車に乗せ、家まで送ることもある。

俺は翌日からもシフト通りに出勤し、きちんと仕事をこなし、いつも通り家に帰った。なんの変哲《へんてつ》もない毎日だった。胸に喪失感を覚えることもあったが、それはロジャーと出会う前、もともと空いていた穴だったような気がした。

くだんの靴が見つかることはなかった。しかし、ショーで俺が履かなかったことで話題になり、その靴は商品化されると、想定より早く完売し、何度か再販されるまでに至るヒット商品になった。今でもロジャーのメンズシューズの中で、その靴の売り上げを超えるものは存在しない。

俺はモデルを辞めた。

俺の責任ではないことを主張し、擁護《ようご》してくれる人もいたが、ショーでハプニングを起こしたことで信用を落としたし、いわば炎上商法の形で靴が売れたため、靴のデザイナーの怒りを買った。ほとぼりが冷めるのを待っている間に歳を食うし、今後もロジャーの仕事をもらうことは困難であると判断したからだ。

だからといって、ほかのブランドで仕事をする気にもなれなかった。ロジャーの服でなければ意味がなかったのだ。

モデルをしていた数年間に、俺の身体は作り替えられたのだ。ロジャーを引き剥がされた今、こうなる前の自分が、なんのために生きてきたのか思い出せなかった。

それでも人より大きな二十九センチの足は、まだランウェイの栄光を忘れられないのか、壊れたみたいに歩くのをやめない。大きな虚無を抱いて、行くあてのない道をひとり、漠然と彷徨っているのだ。

＊　＊　＊

その日、仕事帰りの佐山を拾い、彼の自宅へと送る車中で、昔話をして聞かせた。

運転中を選んだのは、冷静でいられるよう自分を制御したかったからだ。それに、当時のことを改まって他人に語るのは初めてで、面と向かうのもなんだか心もとない。誰かに聞かれるのもいやで、ちょうどいい密室がこれくらいしか思いつかなかったのだ。

「それで、聞きたかった話は聞けたかい？　たいした話じゃなかっただろう」

「そんなことはない。有益《ゆうえき》な話だった」

佐山は後部座席で、口を挟むこともなく、静かに俺の話を聞いていた。そして、彼のアパートの前に着いたとき、「上がってくれ」と、俺を部屋に招待したのだった。

俺の巨体には佐山の１Ｋは窮屈《きゅうくつ》で、なんとなく肩を縮こまらせ、背中を丸めてお邪魔した。キッチンに最低限の生活感はあったが、テレビはない。本が多く、意外にも雑然とした部屋だったが、よく掃除が行き届いているのが彼らしかった。

佐山はマグカップに日本茶を淹れてくれたが、当然のように俺のぶんだけだ。部屋の中央にあるローテーブルを挟んで座ると、佐山はようやく俺の話に言及する。

「その靴が見つかったら、なにかが変わるか?」

あの日、最後に履くはずだった『Cinderella』。蓮谷が持ち去ったのではないかと疑いはすれど、確証はなく、今さら問いただしたところで、処分されているだろう。

「さあ、どうかな」

「しかし、その靴はあんたの……」

確かにあの靴こそが、失われた俺の心のパーツだ。しかし、

「……少なくとも、もとに戻ることはないよ」

「覆水盆《ふくすいぼん》に返らずってね」と付け足し、肩をすくめて見せたが、佐山は唇を真一文字《まいちもんじ》に引き結んだ、難しい表情を崩さなかった。ついおどけてしまったけれど、本心だ。靴を失う前、あの日の絶望を知らなかった俺には戻らない。

あの事件がなくても、モデルの仕事は今ごろとっくに辞めていただろう。そう思っていたから就職もした。後悔がないとはいわないが、モデルとしての自分の未来に分不相応な夢を抱いていたわけではないし、今さら戻りたいわけでもない。

それでは、なにが引っかかっているのか。

それは自分が熱中し、心から愛するものを――このためにこの世に生を受けたのだと思えるものを、雷に打たれるように無遠慮に奪われる、その恐怖である。

漠然と仕事をして、恋人を深く愛せず、一歩引いて生きているのは、大切なものを作ることに抵抗を覚えているからだ。きっと今度また奪われたら、漠然と生きる気力すら失われてしまう。

俺も佐山のように生きることができたら、どんなにいいだろう。彼をまぶしく感じ、羨みながら、俺は同時に、失うことも考えてしまうのだ。

「がっかりした？」

テーブルに肘をつき、尋ねる。佐山は目を丸くして「なにがだ」と言ったが、

「だって、あのころとは随分違うだろう」

俺が部屋の隅に山積みにされている雑誌を指差すと、彼の表情に動揺の色が浮かんだ。バレていないと思っていたのか、彼の部屋にある大量の本の中には、古いファッション雑誌も数多くある。まったくどこから入手するのか、俺の現役時代の年号の、ロジャーのムック本もだ。

「……それは、その、資料だ」

「初めてエロ本が見つかった中学生みたいな反応をするなよ」

俺はその山から雑誌を一冊手に取り、パラパラとめくった。自分の写真をわざわざ眺めて、うっとりするようなナルシズムは持ち合わせていなかったが、それでも『Roger Randolph』の秋コートの広告の自分と目が合うと、脈が上がった気がした。

そこにいる俺は二十三歳。若々しい肌にシャープなフェイスラインと、無駄の無い身体のシルエット。しかしそれ以上に、そのまなざしに背筋がぞくりと粟立つ。自信に満ちて力強く、挑戦的なそれだ。

当時の俺は、自分がモデルとしてどんな顔をして写真に映っているのか、あまり興味がなかったが、ロジャーの看板を背負うのにふさわしい、いい男だ。ロジャーを愛する佐山が、憧れを抱いても仕方がない。

しかし佐山は、俺が開いたページを見て「恐ろしい男だ」と妙な感想を述べた。

「……恐ろしくいい男、ってことかい？」

「否定はしないが、どこか寒気のする美しさだと思っていた。このころのあんたは、この世のなにもかもに興味がなく、ロジャーだけに生きていたんだろう。そういう狂気が、あんたにこういう顔をさせていたのだとわかって、満足している」

「……映画に出てくる殺人鬼みたいな言い方だな」

「まるで別人だ。あの日、あんたがこの安西慶治だと気付いたときは驚いた」

確かに別人だ。歳を取ったぶん、輪郭は少し丸くなり、まなざしも甘く、優しい顔つきになった。けれど、それだけではない。

「佐山、……俺のなにが、そんなにいいんだ？」

「…………」

当時の俺はいい男だったかもしれない。けれど俺は変わったし、これから先、もとに戻ることはないだろう。

「誰もきみを責めやしないよ。もし当時の俺に憧れがあるのなら、彼の期待に添えそうにない。

「勘違いするな。僕は当時のあんたじゃなく、今のあんたに興味があるんだ」

佐山は不機嫌な響きでそう言い、眼鏡のブリッジを押し上げる。そして唇を尖らせ、文句を連ねるように続けた。

「あんた、ときどき僕を見て、すごく嬉しそうな顔をするだろう。この写真とは、全然違う顔だ。僕に意地の悪いことを言うときや、僕を言いくるめたときなんかに……」

「いいのか、それ、きみ……」

「それがいいんだ。そういうあんたを、……僕は、喜ばせたくなる」

佐山の素質や成長に浮かれているという自覚は、多少なりとあった。しかし、俺の内側で膨らんでいく彼への期待が、隠しきれずに尻尾を出していたとは誤算《ごさん》だ。

そしてそんな俺の期待に応えることで、喜ばせたいとまで言われては、「はたしてそれは恋か?」と重箱の隅をつつくのは難しい。

——しかし、だ。まだ彼の気持ちに疑うべき点は残されている。

「きみ、キスをしたことがあるかい?」

「………………」

ないだろう、わかっていて聞いたのだ。人前でものを食べられない彼が、誰かと唇を合わせ、唾液を交わすようなことはきっとできやしない。案の定、佐山は黙り込み、視線を彷徨わせた。

「きみに好意を寄せられて嬉しいよ。だけどきみ、俺とキスやセックスができるかい。恋人になるって、付き合うってそういうことだろう?」

彼相手に率直過ぎたかもしれない。けれど、俺も彼に向き合うと決めた以上、それは避けては通れない問題だ。もし手を繋いで散歩をするだけの関係を求められているのなら、俺はそれを恋人とは言わない。

「………………」

佐山はうつむき、膝の上で拳を握ると、唇を噛んだ。その沈黙に、あっけなかったが、この話はこれで終わりだと思った。

「……安西。確かに僕は、誰かとキスをしたことはない。ものを食べるところを、見られることと以上に、なんだか怖いことだ。でも」

俺にはそれが、ただ下手な言い訳を始めただけのように聞こえたのだ。

しかし、軽く聞き流してあげようと思った矢先に、肩を掴まれた。彼は俺に比べて華奢で小さいが、まぎれもない成人男性だ。決して弱いとはいえない力に押されて、俺の上体がぐらりと傾いだ。

そして、しまった、と思ったときにはもう遅く、仰向けに床に転がされ、見上げた先に迫っていた佐山の薄い唇が、ぶつかるように俺の唇に重ねられる。バサ、と雑誌が落ちる乾いた音とともに。

「――できた」

そう言った熱い吐息が、ぶつかった衝撃に痺れる俺の唇に触れる。視界のぼやけるような至近距離で、佐山のビー玉の瞳が、どうだと言わんばかりの輝きを灯して俺を見下ろしていた。

「できたから、いいじゃないか。僕があんたを好きだって、いいじゃないか」

「…………！」

俺の揚げ足を取った理論だ。俺はついムッとして、佐山の頭を掴んで押しやる。肘をついて起き上がり、「そこに直れ」と命令すると、佐山はさっとその場に正座をした。

「……怒ったのか」

よほど俺が不機嫌そうに見えたのか、佐山はそう尋ねてきた。

べつに男とキスをするのは初めてではなかった。飲みの席での友人の悪ふざけや、何人かいるゲイの知人に奪われたことだってあるし、今更キスひとつで怒るようなうぶな歳でもない。

しかし、だからといって許容できるわけではない。悪ふざけではないのなら、なおのことだ。

彼のこの暴挙をなんと言って窘めるべきか、そう思いあぐねている俺の沈黙を肯定と取ったのか、佐山はばつが悪そうに――言うにことかいて、妙な言い訳をした。

「自分のことを好きだと言った男の部屋に、こんなに簡単に上がるあんたが悪い」

「人を、……っ」

あばずれのように言いやがって！

「……俺は！　きみを信じているから話をしたし、部屋にも上がった。今のは、そういう俺を裏切る行為で、あまりにも紳士的ではない」

佐山にこんなことができるとは露ほども思っていなかった、という油断は間違いなくあった。しかし俺が叩きつけた正論とその勢いに、佐山がぐうと唸り押し黙る。

「まったく……」

俺は頭を抱えた。怒ってはいないが、驚いたのだ。ファーストキスを無遠慮に明け渡せるほどには、真剣に恋愛対象として想われていると危機感を持ったほうがいいらしい。

「いいかい、俺は怒っている」

なにも咎めないわけにはいかず、俺はそう告げた。

「俺のご機嫌を取ってみせろ、佐山」

「承知した……」と小さな声が聞こえた。

「仕事で、しっかり、誠意を示せ」

納得がいかないという表情の佐山に「返事は」と尋ねると、たっぷり五秒の沈黙ののち、「承知した……」と小さな声が聞こえた。

「オーケー、俺は帰る」

立ち上がり上着を羽織ると、玄関で靴に足を突っ込んだ。慌てて追いかけて来た佐山が、俺の腕を掴んだが、「まだなにかする気か、変態め」と罵ると、ぱっと解放される。構わずにドアを開けて部屋を出ると、佐山は言った。

「……あんた、僕を諦めさせたいのか？」

「さっきまでは多少そう思っていたが、そう簡単ではないみたいだし、ちゃんと考えてやるから、きみはきみで頑張りなさい。今日のジャケットと小物の組み合わせは最悪だ」

俺の指摘に、一瞬きょとんとした佐山だが、唇をむずむずと動かし、やがて口の端から「ふ」と小さな笑みをこぼした。

「コラ、笑ってる場合じゃないぞ。俺は怒っているんだから」

口元を手で隠し、「いや」と言った彼の、眼鏡の奥の目が細まり、目じりに小さな皺ができた
――ああ、彼が笑う。綻ぶように、ふわりと柔らかく。

「楽しくて、つい」

——俺を、喜ばせたいって？　そんなのは俺だって同じだ。

『新宿BLUEst』では、展示会やゲストを招待したイベントなど、さまざまな催しが定期的に行われている。土日祝はもちろんのこと、大型連休ともなれば気合いが違う。

中には、店舗を横断した企画もある。たとえば期間中に各店舗で一定の価格以上の買い物をするとスタンプをもらえ、それを数ブランドぶん集めてプレゼント抽選に応募する、というようなスタンプラリー企画は、低コストかつ、代表的だ。

今回持ち上がったのは、カテゴリーごとの人気スタッフを決める投票型の企画だった。買い物額に応じて投票券がもらえ、各フロアに設置されている投票箱から、好きなスタッフに投票できる。投票者は抽選で商品券などのプレゼントが当たり、票を集めたスタッフにはオリジナルのノベルティを作る権利が付与されるとのことだ。

自分でノベルティを作れるとなれば、販売員たちのモチベーションは上がった。ビル全体でプッシュされるということもあって、ブランドの宣伝効果も高いと予想できる。

その企画に、『Roger R』内で鼻息を荒くしたのは、ミーハー気質のある小端と森田だ。特に可能性があるとすれば、森田だろう。一般受けのいい美しいビジュアルに、個性的なブランドのわりに、とっつきやすい明るいキャラクター。このビルの客層に愛されそうな要素を充分に兼ね備えている。

「やっぱポーチかトートが定番だよね、ハンドミラーとかもどうかな？　ねえ、小端ちゃんはどう思う？」

「ええ～、あんまり普通じゃ面白くないですよ、靴下とかどうですか」

「靴下～～っ？」

森田は既に優勝する気満々で、どんなノベルティがいいかと、早くもアイデア出しに余念がない。

あくまでも『BLUEst』の企画だ。ロジャーは無関係なので、ロジャーのロゴやエンブレムは使えない。けれど宣伝のためにも、彼女のデザインが少しでも〝ロジャーっぽいもの〟になることを祈ろう。もちろん、そのデザインの実現には、票数を稼ぐため、日々素晴らしい接客と売り上げを出さなければいけないのだけれど。

彼らの姿を見てふと思い出したのは、俺のモデル時代のことだ。国内外かかわらず、『Roger Randolph』の人気モデルを十人集めたコンペティション企画が行われたことがあった。俺はその十人の中に、運よく入ることができたのだ。

モデルそれぞれが、なにかひとつ、ファッションアイテムのデザインを手掛ける。その中で本社のデザイナーが認め、一般人気の高かったものを実際に商品化し、販売するというものだ。

俺が手掛けたアイテムは残念ながら商品化には至らなかったが、考えて物を作るという作業自体は面白く、意外と燃えたのを覚えている。浮かれている森田の気持ちも、少しはわからなくもなかった。

人気スタッフ投票期間は、四月下旬から五月上旬まで、書き入れどきのゴールデウンウィーク中である。ビル自体に大勢の客が集まるぶん、路面店と比べて新宿店は環境がいい。企画は置いておいても、売り上げに期待が持てた。

二月に期待以上の売り上げを立てた『Roger R』新宿店だったが、三月は目標売上になんとか乗るという程度にまで落ち着いた。それでも充分な成果で、店は順調に回っているといえるだろう。

しかしながら、あの日以来、佐山は肩に力が入っているようだ。どうにも服のコーディネイトが荒れており、接客はいつにも増してギクシャクしている。彼の美点であるはずのトルソーは少々地味で、森田にやり直させたくらいだ。

その日に至っては、派手なジャケットとシャツの色合わせがあまりにも見るに堪《た》えず、佐山と小端を呼びつけ、着ているジャケットを交換させて一日過ごさせることにした。

ゴールデンウィークを前にして、妙に張り切っている様子だとは小端から報告を得ていたが、つまらないミスを連発しているとも、岸本からクレームを受けている。

「きみ、いったいどうしたんだ」

見かねてバックヤードで問い詰めると、佐山も自分の迷走っぷりには自覚があるのか、目に見えてやばい、という顔をした。

「あんたの機嫌を取るには、頑張らないと、と……」

「まあ、そんなことだろうとは思っていたが……」

ただ努力を促しただけでは、彼は道を見失ってしまうようだ。今回は前々から指摘されている弱み――未熟なファッションや接客を早く上達させなければと思ったようだが、空回りしてしまうのは、今の佐山がすべきことはそれではないからだ。

「俺のご機嫌を取りたいんだろう。ほら、大きく深呼吸してごらん。きみがすべきことはなんだ？」

「う、売り上げを……」

「本当にそう思う？」

うつむきがちな顎を指ですくい上げ、上を向かせる。佐山は俺の目を見上げて、やがてばつが悪そうに視線を落とした。

「……森田が、一番になれるように、サポートする」

佐山本人は服も接客も今ひとつだ。しかし、彼は自分の店の環境を整え、同僚の力を最大限に引き出し、動かすことができる。自分磨きも結構だが、俺が佐山に期待しているのは、そういう店長としての働きである。

ゴールデンウィークの企画で森田を一番にする。そのための店を作り、みんなを盛り立て、森田には一層輝いてもらわなくては困る。今の佐山がすべきことは、自ら前に出て周囲を引っ張ることではなく、店のために影に徹することなのだ。

「きみはせっかちなんだよ。考えればちゃんとわかるんだから、困ったときは一度立ち止まって、落ち着いて状況を整理して、自分にできる最大限のことを考えなさい」

「………」

いつもなら歯切れよくわかったと言い、切り替えられるはずの彼だったが、珍しくがっくりと項垂れ、小さくため息をついて見せる。

「なんだ、少し叱られたくらいで、しょげるきみじゃないだろう?」

「しょげてなんか……!」

と顔を上げたが、佐山は眉尻を下げ「いや、少ししょげた」と素直に言い直した。

「あんたはいつも余裕で、僕は助けられてばかりだ」

それをかっこ悪いと思ったのかもしれないが、佐山は新人で、俺は九歳年上の先輩だ。彼を助けられないようでは、俺の実力が疑われてしまう。

「いいのさ、いつでも頼っておいで」

少なくとも先輩として、上司として、その言葉に嘘はない。しかし佐山は、どこか腑《ふ》に落ちないという表情で、力なく俺を見つめるのだった。

　それから店に戻り、俺も何名かの接客をした。平日の昼間は比較的暇だが、時刻が十八時を回ると、仕事帰りの女性客で店が賑わい始める。そんなとき、『Roger R』新宿店にひとりの女性が来店した。

「いたいた、――悠介。ちょっと時間ある？」

　数名の客が店の品を物色している中、彼女はレジカウンターまで最短距離でやって来ると、無遠慮な張りのある声で言った。周囲の客や、スタッフたちがぎょっとして振り返るようなボリュームだ。そして、佐山の返事を待たず、彼女は続ける。

「悠介、あんた、なんでわたしの電話を無視するの。母さんに連絡取ってないんでしょ。わたしのところに電話がかかってきて、迷惑してるの。あの人が警察に行く前に、なんとかしなさいよ」

　レジに立っていた佐山は、ちょうど会計中だった。あまりにも突然の出来事に言葉を失い、顔から血の気が引いている。その向かいで財布を出していた若い女性客が、警察という単語に眉を顰めたのが見え、俺は咄嗟に間に入った。

「お客様、彼は今手が離せませんので、よければ外で、私と話をしませんか」

「……あなた、悠介の上司？　まあいいわ」

　不安げなまなざしを俺に向ける佐山にウインクを投げ、俺は彼女を連れて騒然とする店内を出た。

ひとつ上のフロアのカフェに入ると、席に座り、コーヒーを一口飲んで、ようやく彼女は突き出すように名刺を寄越してきた。

佐山亜子《あこ》、都内の法律事務所に勤務する弁護士だそうだ。彼女は慣れた手つきで煙草に火をつけ、長い黒髪をかきあげながら、唇の端で「姉よ、悠介の」と掠れた声で告げた。

佐山の姉にしては随分と世慣れて擦れた印象で、その堂々たる態度には少々面食らってしまった。顔つきもあまり似ていないと思ったが、耳や鼻の形が同じで、かろうじて姉弟であることに納得ができた。

彼女は気の強そうなマットで辛口なメイクに、ボディラインを強調するようなタイトなパンツスタイル、レオパード柄のピンヒールパンプスは今季話題のブランド物だ。鞄はロジャーのもので、そういえば佐山が大事に持っていたボタンは、姉のジャケットの予備を譲ってもらったのだと思い出した。

「安西さん？　あなた変わってんのね」

亜子は吐き捨てるようにそう言うと、こめかみを押さえ、「タメ口でいい？　今日は朝まで飲んでたの、頭痛くて」と付け足した。

「悠介の面倒見てくれてるのね、いやにならない？　あいつかわいげないし、非常識で、ネジが緩んでる。おかしいのよ、狂ってる」

「そんなことは」

「随分垢抜けて、見違えたけど、若かったころの母さんに少し似てきたわ、笑えない」

亜子は俺の返事など聞く気もないようで、早口にそう捲し立てた。なかなかに強烈で、手強い女性だ。社交辞令や枕言葉は、並べている間に次の話題に切り替えられてしまいそうなスピード感である。

「それで、お母様が、どうかされたんですか？　さきほども、警察がどうって」

できるだけ率直に尋ねると、亜子は値踏みするように俺を眺め、紫煙を吐き出す。俺は穏やかな表情を作り、彼女の口が開くのを待った。

「……そうね、うちの家族のことだから、あなたには関係ないんだけど、なにかあったら迷惑をかけると思うし、話しておくわ」

するとと彼女は椅子に深く腰掛け、脚を組み直すと、語り出した。

「うちの母さんがまたヒステリーを起こしてる。悠介、アパレルに就職したって、母さんに秘密にしていたのね。わたしが言っちゃったの、さすがにそれくらいは知ってると思ってたから」

俺はそれを聞いて、頭を抱えた。佐山の家庭環境が単純ではないとは思っていたが、まさかそれが、自分の就職先を親に明かさないほどとは思っていなかった。そして亜子の言い草から察するに、佐山がどこの会社に就職したかではなく、アパレル業界に入ったことが問題なのだということがわかる。

それもそうだ。佐山は難関大学出身で、有名企業の内定が八社あった。親からすれば、アパレルを選ぶ息子の気が知れないことだろう。

「わたしは悠介の好きにすればいいと思ってるわ。だから悠介の就職が決まったあと、あの子が母さんから離れられるように手引きしたの。悠介が借りてる部屋の連帯保証人もわたし。母さんには住所だって教えていないはずよ」

それで所在のわからない息子に痺れを切らし、手引きをしただろう姉の亜子に、しつこいくらいの連絡が入っているというわけだ。

手塩《てしお》にかけて育てた息子が、大学卒業とともに逃げるようにいなくなれば、親が心配するのは当たり前にも思えるが、状況はそれほど単純ではないらしい。

「あの子はね、大学生になっても厳しい門限を言い渡されて、ちょっとコンビニに行くのだって母さんの許可が必要だった。口答えすれば手を上げられることだって……。友達なんかできるわけないのに、母さんはいつも悠介が変な連中とつるんでいないかって心配してたわ。馬鹿馬鹿しいわよね」

「そうでしたか……」

「母さんはね、子離れできていないの。悠介のこと、束縛している、異常なのよ。わたしが跳ねっ返りだったから、余計に大人しい悠介がかわいかったのね」

佐山を産んで間もなく離婚し、母子家庭の中で、ふたりの子どもを育てるプレッシャーは俺には計り知れない。しかし亜子は反発しているように見えて、立派に弁護士という仕事に就いている。佐山も出身大学を思えば、本来それ相応の職に就いていたのだ。ふたりの経歴が母親の教育の賜物《たまもの》だと思えば、尊敬の念を抱かないではないが、その内容が行き過ぎているように聞こえるのも確かだ。

「べつに、わたしだってできることはしてあげるわよ。でももう悠介も大人だし、そろそろ自分で始末をつけるべきだわ」

そう言い捨て、亜子は「わたし忙しいのよね、そろそろ行かないと」と、煙草の火をもみ消し、鞄を肩にかけた。テーブルの上では、先ほどから忙しなく彼女のスマホが唸り声を上げている。

「とにかく、母さんと話をつけてって言っておいて。じゃないと本当に警察に行ったりして、騒ぎを起こしかねないわ」

彼女は「それじゃあ」と立ち去ろうとしたが、はたと俺を振り返った。

「悠介、人前で食べられるようになった？」

その問いに、俺は小さく首を横に振った。

「……いえ、まだ。ご家族の前では、大丈夫なんですよね？」

「あはは、なに言ってるの。家族の前が一番駄目よ、拷問みたいに無理やり食べていたわ。母さんの前で食事をして、味がわかったことなんて、ないでしょうね」

亜子は今度こそ俺に背を向け、ヒールの音を響かせながらカフェを出て行った。

彼女の姿が見えなくなって、ようやく俺は息をつき、眉間を押さえる。叩き込まれた情報量に、脳の処理が追い付かない。

ふと顔を上げると、店のガラス越しに佐山がやって来たのが見えた。彼は髪が乱れるのも構わず、慌てた様子でカフェに入って来ると、亜子が座っていた椅子に座った。息を切らしながら、「姉さんは」と尋ねてくる。

「嵐のような人だな、きみの姉さんは」

「……すまない、その、ああなんだ、昔から」

「飲むかい」と俺の飲みかけのアイスコーヒーのカップを差し出したが、当然佐山がそれに口をつけることはない。参った、という様子で頭を抱えた佐山に、告げる。

「佐山、きみの姉さんから、いろいろと話を聞いたよ。アパレル業界で働くこと、お母さんに反対されているんだね……」

佐山は項垂れたまま、唸るように「ああ」と言った。

「一度、きちんとお母さんと話をしてみたらどうだ」

「簡単に言わないでくれ。あの姉の母だ、話を聞くような人じゃない」

「しかし、放って置いていいのかい？」

すると、佐山は黙り込んでしまった。いくら母親の言うことであれ、ロジャーを離れてもいいとは思っていないだろう。けれど母親を説得できる自信もないという様子だ。

「俺が一緒に行って、話をしようか？　理解を得られるよう、会社やきみの仕事ぶりについて、説明してもいい」

「無理だって！」

佐山は一瞬声を荒げ、すぐに口元を押さえると「すまない」と言った。

「……この件については、放って置いてくれないか」

「……会う気は？　連絡を取る気もないのか？」

「あんたには、関係ない」

佐山は固い声で答える。佐山が自分で解決できるというなら、俺だって余計な口を挟むことはなかった。けれど彼は、母親のことを拒絶するあまり、問題を先延ばしにしようとしているように窺える。

「じゃあ質問を変えよう。佐山、きみ、人前でものが食べられないのはなぜだ」

「なんで今、そんな話を」

「お母さんの前で食べるのが一番つらいと、きみの姉さんが言った。きみのお母さんと、なにか関係があるんだろう」

佐山はしばし思い悩むような素振りを見せたが、頑固な性格だ、やがて「話したくない」と俺を突き放すように言う。

俺は身を乗り出し、そんな頑なな佐山の手を掴んだ。周囲の人目もある、その指先だけをぎゅっと握り、囁くように尋ねる。

「俺が、きみのことを知りたいと思うのは、いけないことかい？」

「…………っ」

息を詰めた佐山が瞠目し、その頬や耳が赤く染まれば、俺の勝ちだ。すぐに手を放してやり、俺は自分の椅子に戻る。脚を組み、コーヒーに口をつけた。

「……あんたのそれは、色仕掛けだ」

「きみにはよく効くと思ってね」

佐山は前髪を掻き、大きくため息を吐く。腕時計を確認して、「時間がないから、手短に説明するが」と前置きをしてから、彼は「小学校低学年のころの話だ」と切り出した。

「そのころはまだ僕にも友達がいて、同級生のみんなと、公園でボール遊びをしていた。僕が喉が渇いたと言ったら、友達が飲みかけのペットボトルのジュースをくれたんだ。それで、それを飲んだら、その様子を見ていた母がひどく怒った。僕の手を叩いて、大きい声で、〝汚い〟って」

「そう……」

「それからだんだん、怖くなっていってしまったんだ。なにかを口に入れるとき、僕はまた怒られるんじゃないかって……。誰かと一緒に遊んでいたら、母さんが僕を叩くんじゃないかって……」

そうぽつぽつと語る声は、わずかに震えている。俺の過去と同じく、佐山のそれも、誰かに話したのはこれが初めてなのだと思わせた。

　佐山の心は、それから閉ざされていってしまったのだ。人との接触ができなくなり、ものを食べることが苦痛になった。実家を離れた今も、佐山は子どものころの出来事に囚《とら》われている。

「それからの僕には友達もいないし、ロジャーに出会うまで、母さんが僕の世界のすべてだった。だから、母親とはそういうものだと思っていた」

「……怖い存在？」

　佐山は少し返事に詰まってから「ああ」と肯定した。だから俺の母親を前にして、彼は恐れ委縮したのだ。

「……母さんは、もともとアパレル業界の人なんだ」

　カフェを出て、店に戻る途中に、佐山はそう話し始めた。

「それが恥ずかしいみたいで、詳しいことは教えてくれなかったけど、ずっと安い量販店を転々としていたみたい。高校を出てすぐ結婚して、姉を生んだから、学歴も職歴もない。パソコンもできないし、ほかに得意なこともなくて、どこも正社員は難しいって。それで仕方なく、接客業をしているんだと言っていた」

「仕方なく、ね……」

「家はずっと貧乏だったし、母さんはいつも、自分のようにはなるなって、僕や姉に厳しかった。いい大学を出て、安定していてお給料をたくさんもらえる仕事につけって……」

「それできみは今、お母さんが言っていたことを思い出して、どう思うんだ？」

「母さんには、接客をする才能があったんだろうと思う」

佐山は答えに迷わず、そう告げた。

なにもできないから、仕方なく販売業をしていた。佐山の母にとっては、そうだったのかもしれない。けれど少なくとも、販売業は〝できた〟のだ。本当になにもなかったわけではないと、彼女自身が気づいていないだけのように聞こえた。

だって販売は苦しい。俺はこの十年の間に、仕事に心や身体がついていかず、辞めていくスタッフを何人も見てきた。

「僕はいい大学を出たけど、接客はなかなかうまくならない。今もよく岸本に怒られているし、森田や小端にも、迷惑をかけていると思う。母さんは、それを、ずっとしていたんだ。その仕事で僕と姉を育てたんだ。僕はそれをすごいことだと思う」

もしかしたら、向いていないと思いながらも、子どものために無理をして接客をしていたのかもしれない。子どもが成人し、立派に巣立ったあともなお、それを誇りに思えない彼女こそ、どんな孤独の淵で苦しみに耐え、生きてきたのだろうと、恐ろしくなった。

「佐山、きみはそこまでわかっていて、なぜ向き合おうとしない」

『Roger R』の前までたどり着いたとき、そう尋ねた。佐山が母親に恐怖を抱いているのはわかったが、一方で深く理解し、尊敬し、感謝している面も持っている。

「……あのころの僕に、引き戻されるのが怖い」

そう答えた佐山の声は、プライベートで俺と話すときとは違う、仕事用の声色に変化していた。その横顔は引き締まり、背筋はぴんと伸びている。

「母さんの顔を見たら、戻ってしまう。母さんの言うことぜんぶに「イエス」と答えていたあのころの僕に、戻ってしまう。そんな気がして、怖いんだ」

「………」

店に戻っていく佐山の背中を見て、彼は今必死に、本当の意味でのロジャーの人間になろうとしているのだと痛感した。まだ危なっかしさこそ拭い切れずにいるけれど、その後ろ姿に、そうであろうとする彼の意志を感じたのだ。

＊　＊　＊

平日の午後、俺は半休を使って、神奈川県へと車を走らせていた。

目的地はみなとみらいや横浜駅周辺などの都会めいたところとは違い、工場やオフィスビルの密集したエリアだ。慣れない地理に手間取ったが、なんとか目的地へとたどり着いた。そこはとある企業の小さな持ちビルである。

中に入ると、見慣れない派手な来訪客に、当然作業着姿の男性陣の視線を集めた。構わず進み、受付の女性の前に立つと、彼女は唖然《あぜん》と目を丸くして俺を見上げる。

「すみません、清掃の佐山さんって女性の方にお会いしたいんですけど」

用件を告げ、ニコッと笑みを投げると、彼女はぽっと頬を上気させ、「はい」と気の抜けた声を出した。

俺が会いに来た〝佐山さん〟とは、もちろん佐山の母親のことだ。接客の仕事を辞め、今はこのビルで清掃スタッフのパートをしていることは、あのあと佐山の姉、亜子に連絡を取って知り得た情報である。

俺が会おうと思っていることを告げると、電話口の亜子は呆れた様子で「勝手にすれば」と言った。もちろん俺だって気は進まない。しかしもし本当に警察沙汰にでもなって、店に悪い影響が出るような事態は、マネージャーとして避けたいところだ。それに、たとえそれが一時でも、今の佐山をロジャーから引き離されるわけにはいかなかった。

このことは佐山には話さなかった。言えばきっと気に病むだろうし、かといって今の彼に、俺について来る精神的な余裕があるようにも思えなかった。

今日俺が会って、会社や佐山の仕事について説明し、理解を得られれば万々歳。せめて警察沙汰にだけはならないよう、説得ができれば及第点だ。佐山を納得させるのは、そのあとゆっくりすればいい。

こうして突然勤め先を訪ねたのは、事前に母親本人に連絡をすれば、どこの誰だと名乗らなくてはいけない。佐山の勤め先が割れてしまえば、充分な説得をする前に職場の電話が鳴ってしまうと思ったからだ。

とはいえ、アポ無しで逃げられずに会ってもらうのはそう容易なことではない。まず社会性の必要とされるような人目のある場所で、かつ周囲に俺の協力者がいる状況が望ましい。前者については、はた迷惑な話だがここ、勤め先が条件を満たす。後者についてはもともと無理だと諦めていたのだが、受付嬢に案内されたスタッフ用の小さな休憩室の扉を開けた瞬間、勝利の予感がした。

まず一番手前にいた女性が、俺と目が合うなり「ぎゃあ！」と叫んだ。二番手三番手がこちらを注目し、「あらどなた？」「いい男」と、口々に騒いでくれたのだ。そこにいたのは、作業着と制服のあわせて五人のご婦人たちだ。平均年齢は六十代前半といったところだろう。ちょうど休憩時間なのか、小さなテレビの前に集まって、お茶やおせんべいを片手に、女子会中だったらしい。

「いやあん、どこの営業さん？　こんなハンサム見たことないわ」
「こっちいらっしゃい、今、おばちゃんがお茶淹れてあげるから」
「あらあ、いい匂いさせてえ！」

仕事用の笑顔を振りまく隙もなく、彼女たちは俺の腕を掴み、中へと招待してくれた。そんな中で、部屋の隅に佇んでいる作業着姿の女性の胸に、『佐山』の名札がついているのを見つけたのだ。

「佐山さん」

彼女は亜子から聞いていた年齢より幾分老けて見えたが、顔の造形は亜子よりも佐山と似ているのがわかった。痩せていて色白、化粧はほとんどしていない。そして野暮ったい眼鏡の向こうに隠れてはいるが、丸い目の形が佐山と同じだ。アパレルで働いていたわりに洗練されていない印象で、その姿は出会ったころの佐山を思い出させた。

「どなたです……？」

ほかの陽気でパワフルなご婦人たちと比べ、彼女は用心深さを滲ませる、どこか恐々とした声色でそう尋ねてきた。その間も、「佐山さん知り合いなのお？」「紹介してちょうだい」と声が飛び交う。賑やかな職場だ。

「ええと、初めまして、安西といいます。悠介くんの上司で」

「あなたみたいな人が、悠介の……？」

訝し気に俺を見上げ、そうつぶやいたと思ったら、彼女はぱっと顔色を変え、俺に飛びついてきた。俺の腕をがっしりと掴み、早口で捲くし立てる。

「悠介は、今どこにいるんです。あの子は、そんな、あなたのような人と同じ世界で生きられるような子じゃないんです。わたしがついていないと、ひとりじゃなにも……っ！」

一瞬室内がしんとしたが、「佐山さんどうしたのよお」と声がかけられると、彼女ははっとして俺と距離を取った。

「ご、ごめんなさい、わたし……」

流れるような早口、カッとなると周りが見えなくなる性格だ。しかしながら、このメンツの中ではおそらく最年少だろう彼女は、なんとか社会性を保ち、震える声で「どんな御用でしょうか」と言った。

息子さんについて、話をしましょう。普通なら、そう持ち掛けるだろう。しかし、

「――俺とデートしませんか?」

俺がそう言った途端、勝利の女神たちがぎゃあーっ、と騒ぎ始めた。この状況の中では、佐山の母は戸惑う様子を見せるだけで、俺を怒鳴り、誘いを無下《むげ》に断るようなことはできないようだった。

その後、俺は一度ビルを出て時間を潰し、彼女の仕事が終わる十七時に、ビルの真ん前で車を停めて待った。時間になると、佐山の母はほかの同僚たちの後ろに隠れるように退勤してきたが、俺の女神たちによって腕を引かれ背中を押され、車の前までやって来ると、「どういうつもりなんです」と険しい表情で言った。

「……あなた本当に、悠介の」

「『Roger Randolph』って、ご存じでしょう。そこの販売部で、マネージャーをしています。悠介くんは俺の部下です、どうぞ」

名刺はないが、社員証を見せた。元アパレル勤務で、ロジャーの名前を知らないとは言わせない。助手席のドアを開けてエスコートすると、女神たちが「佐山さんいってらっしゃい」と声を揃え、「羨ましい」「あんな若いいい男と」と俺にエールを送ってくれる。彼女たちにウインクを投げ、俺は車を走らせた。

「どこへ行くんです。わたし、あなたのことまだ信用できません。変なことをしたら、すぐに警察に電話します」

ケータイを握りしめて肩をいからせる彼女に「変なことって？」と尋ねると、むうっと不機嫌な表情をした。佐山と同じリアクションだ。

「急でしょう、今日はご自宅までお送りします。それだけ」

「自宅、知っているんですか、わたしの」

「亜子さんから聞きました」

「亜子！　やっぱりあの子が、悠介に」と一瞬語気を荒くしたが、彼女は落ち着きなく胸を押さえ、「じゃあどうして職場になんか」と尋ねてきた。

「ご自宅に押し掛けたら、あなた本当に警察を呼ぶでしょう？」

「…………」

彼女は表情を強張らせ、脂汗《あぶらあせ》をかきながら、感情的になりそうな自分を必死で抑えている。ヒステリックな要素はあるが、それに自覚があるだけほっとした。

会話が成り立たないほどの相手である覚悟だってしてきた。ここへ来るまでの間に、そういうクレームの対応をした過去をひとつひとつ思い出し、イメトレをしてきたくらいだ。余裕の態度を取り繕うのは得意ではあるが、俺だって緊張している。ハンドルを握る手にじわりと汗をかいていた。

「亜子さんや悠介くんから、簡単に話は伺っています。他人の家族のことだから、俺に口を出す権利はありません。だから、デートだなんて言いました、すみません」

ハンドルを切りながら俺はそう白状した。

「あなたはなんなんです。いい加減なことを言って……」

「言ったでしょう、俺は悠介くんの上司です。それから俺は、結構しぶといですよ」

「…………っ」

ここで俺を追い返すことに成功しても、また職場に現れるかもしれないと想像したのだろう。観念したのか、彼女はぽつりと「悠介は元気なんですか」と質問を口にした。

「ええ、元気ですし、仕事もよく頑張っていますよ」

「ご飯は食べれているんですか」

「さあ、俺の前では飲み食いをしませんから」

「…………悠介と、連絡を取りたいんです」

「俺からも悠介くんにそう勧めました」

続く沈黙に、彼女は表情を歪め、短く息を切らした。

「どうしてアパレルなの……っ、許せない……っ！」

「………」

「悠介を返して……っ」

絞り出すようなその声を聞いて、今日こうして彼女に会いに来たのが間違いではないと確信できた。彼女は息子を失い、追い詰められている。そのギリギリの精神を、社会の輪の中にいることでなんとか保っているのだ。

二十二年間、佐山を束縛し続けていたというなら、逆にいえばその二十二年間、佐山の存在が彼女のすべてであり、生きがいだっただろう。それを失う虚無や恐怖には——同じとはいわないまでも、俺にも似た覚えがある。

佐山は母親と会うことで、昔の自分に引き戻されてしまうことを恐れていた。彼が一層大人になり、自分から母親に会えるようになるまでは、時間がかかるだろう。俺の家族は佐山家と比べて仲がいいが、それでも俺が父親とふたりで酒を飲むまで三十年かかっている。しかしこの佐山の母が、息子の所在を知らないまま、あと何年も待っていられるとは思えなかった。

彼女の自宅までの道のりはそう長くはなかったが、俺は一度車を寄せ、停車した。助手席の彼女が、背中を丸め、「うっうっ」と嗚咽を漏らし始めたからだ。

ぽつぽつと並ぶ一軒家、時折視界に入る畑や林。街灯は少なく、夜になればこの風景は闇に閉ざされるだろう。まだ日の入りには早い時間帯だが、人通りもほとんどなく、あたりは静かだった。少し先に団地が見える。そこが彼女の自宅であり、佐山の実家だ。

「悠介くんが、俺と同じ世界では生きられないと言いましたね」

俺が言うと、彼女は顔を上げた。髪を乱し、涙で濡れた頬を隠しもしないまま、縋りつくように俺の腕を掴んだ。

「だって、わたしがそういうふうに育てたんだもの！　わたしみたいになっちゃいけないって……っ！」

狭い車内にそぐわない、耳をつんざくような声で彼女は叫ぶ。抑えきれない衝動に突き動かされてか、呼吸が乱れ始めた。

「アパレルなんて駄目だって言ったのに、悠介、どうしていうこと聞いてくれないの。わたしみたいに苦しむだけだわ、あの子には無理よ！」

「ロジャーはこの業界では大手です。おかしな会社に勤めているわけではないということは、わかりますね？」

「違うの、そうね、悠介はわたしのことを恨んでいるんだわ……っ！」

「……彼はそんなふうには語らなかった」

「あなたに悠介のなにがわかるの！」

「あなたの知る悠介くんは、自分で服を選び、人を先導し、接客業ができるような子でしたか」

「──っ」

彼女の手が勢いよく振り上げられ、ガツッと俺の頬を叩いた。顎の骨のあたりを爪が掠め、引っかかれた感覚が走る。

「…………」

「あ、あ、……。ごめん、ごめんなさい、わたし、こんなこと……っ」

一瞬で顔を真っ青にして、彼女はしおらしく謝り始めた。小柄な女性の力だ、それほど痛いわけではない。けれど、これこそが佐山の二十二年なのだ。それを思ったら、胸がつぶれてしまいそうだった。

浴びせられるとめどない言葉の羅列、微妙に噛み合わないまま進んでいく会話、ヒステリックな暴力と、息子として守らなければいけない、母親の女性らしい弱さ。

佐山はこの母親を前に、どうすることもできず立ち止まったのだ。自分ひとりでは解決の方法を見つけられず、頼れる友人も持たず、誰にも助けを求めることができずに、ただ二十二年を耐え続けた。

「佐山さん、俺は」

そしてその二十二年の闇に差した光こそが──『Roger Randolph』だったのだ。

「……俺は、感謝している、あなたに」

大きなため息とともに吐き出したその言葉に、嘘偽りはなかった。

だって彼の人生が光と彩りに溢れていたなら、きっと彼はロジャーの靴の前を素通りしただろう。あの日、面接に現れた彼が、もし鮮やかな服を身に纏い、笑顔を振りまいていたなら、俺は極彩色《ごくさいしき》のその日の中で、佐山を見つけることができなかった。

佐山は闇に生きていたから光を見つけたのだ。佐山そのものが黒に塗れていたから、俺は光の中で彼を見つけることができたのだ——。

「佐山さん。俺は確かに、彼の二十二年を知りません。でもあなたも知らないでしょう、俺が彼を見つけた感動や興奮を。彼といて、今どんなに俺の毎日が楽しいかも……」

「………」

彼女は目を見開き、呆然と俺を見つめていた。佐山と同じ丸い目から、一粒の涙が静かにこぼれて頬を伝い、車のシートに音を立てて落ちた。

俺は佐山と彼女の二十二年を肯定する。そしてふたりにも、そうであってほしいと心から願った。そして、これから先の未来も、いつか認めてほしいと思っているのだ。

「ねえ、佐山さん。今度の日曜日、俺とデートしましょう」

「………」

団地の前に車を停め、助手席から降りる彼女にそう言った。

「十三時に、迎えに来ますから」

＊　＊　＊

日曜日、十六時の『新宿BLUEst』の駐車場に車を停めた。俺は後部座席のドアを開け、ひとりのご婦人をエスコートする。グレーのストライプ柄の着物姿で降り立った彼女は、慣れない装いに不安げなまなざしを俺に向けた。

この日、約束の時間に佐山の母の自宅へ迎えに行くと、彼女はスウェットとジーンズ姿で俺を待ち構えていた。そんなことだろうとは思っていたので、俺は一度彼女を俺の実家に連れて行き、母に着物の着付けを頼んだのだ。

佐山の母は終始緊張気味で、うまく会話ができないようだったが、対する俺の母も接客業だ。ちゃきちゃきと自分の着物から彼女に似合うものを選んで着付けると、手入れの不十分な彼女の髪を整え、メイクを施した。俺の母はもちろん素人だが、それでも充分な仕上がりで、佐山の母はいくつか若返って見えた。

「ところで、どういう関係なの？」

そう尋ねてきた母に「俺の彼女」と回答すると、

「あらそう、あなた昔から年上の女性が好きだったものね」

どこまで本気なのか、俺の母はのんきに笑いながらそう言ったのだった。

「ここまでする必要がありますか」

佐山の母はそう文句を言ったが、彼女の普段着で新宿を歩かせ、佐山のいる『Roger R』へ入店させるのはしのびない。それに、慣れない和装はさぞ動きづらいことだろう。走って逃げられたり、暴れたりできないように、という俺の思惑はもちろん秘密だ。

今日『Roger R』で働いている佐山のもとへ、彼女を連れて行く。

そう告げたあとの彼女は実に情緒《じょうちょ》不安定だった。「悠介に会える」「会いたくない」を交互につぶやき、しきりに「どうしよう」と繰り返す。

「悠介くんは仕事中ですから、あまり話はできません。少し様子を見に行くだけです」

「わ、わかっています、でもわたし、なにをするか、自分が……っ、でも、悠介……！」

彼女を佐山に会わせることに、不安がないとはいわない。けれど、彼女のヒステリーは、客入りのいい時間帯に合わせることで、その社会性に賭ける。もちろん、いざとなれば俺が身体を張る覚悟だ。

そして佐山本人に、このことは連絡していない。それも賭けだ。あの寂しい団地の風景に囲まれた中では、佐山は当時の佐山に引き戻されてしまうのかもしれない。けれど店の中でなら、ロジャーの人間であろうとする佐山の意志の強さを信じられると思ったのだ。

そんな緊張感に見舞われながら、俺はどこか興奮していた。俺の人生において、こんなにも大胆な、結果如何では考えなしにも見える行動に出たことが、一度でもあっただろうか。

確証はない。だけど今は不思議と、俺は俺のことを信じられる。そして二十二年の闇を切り裂き、佐山が選んだ道を。そしてひた走る彼の姿に、俺が見た夢を——その姿が、彼女にもたらすなにかを。

俺は彼女を連れ、『新宿BLUEst』の店内へ足を踏み入れ、三階レディースフロア、隅に位置する『Roger R』へと向かった。今日のシフトは佐山、小端、森田の三人だ。店の中は賑わっており、スタッフは全員接客中である。

「こんな、ちゃらちゃらしたお店に、悠介がいるんですか」

姉妹ブランドとわかり、佐山の母は顔をしかめる。「どうぞ」とそんな彼女の背中を押し、店の入り口まで促したが、彼女はぎゅっと足を踏ん張り、店の中に入ろうとしなかった。

やはりなにかまずかったか——と思ったが、杞憂だ。

彼女は店の前に立ち尽くし、ただ言葉を失っていた。そのまなざしは一点、佐山に注がれている。

今日の佐山は、まぶしい白のジャケットとパンツのセットアップ。それとスタンドカラーの紺のシャツでできる強いコントラストが、彼の若さや『Roger R』の個性的なイメージにマッチしていた。もちろんシャツの一番上のボタンは、銀のメタルボタンだ。落ち着いた色合いの黄色のローファーは今季のもので、レディースだが、大きめサイズなので彼の足でも履けたらしい。

そこにいるのは、ただ与えられる黒に塗れていた佐山悠介ではない。

サイズの合わないスーツ、着古したダッフルコート、毛玉のセーターに無名のスニーカー。あのころの佐山は、こんなまぶしい白を、強いコントラストを、アクセントの黄色を選ぶことはできなかった。

「いらっしゃいませー……あれ、安西さん、あ」

俺に気付いた小端がそんな声を上げ、佐山の母を見て不思議そうな表情のあと、愛想よく会《え》釈《しゃく》して接客に戻って行く。そのとき、小端の声に驚いた彼女の手から、握りしめていたケータイが床に落ちた。

「――お客様、どうぞ」

そう優しい声色で言って、それを拾い上げたのは、片手に靴箱を抱えて通りがかった佐山だ。流れるような仕草、上品な香水の匂いがふわりと薫った。

そして、佐山は拾ったケータイを、目の前のご婦人に差し出す。分厚い前髪と眼鏡の奥で目元を隠し、うつむいていたあのころだったなら、佐山は彼女の目を見なかっただろう。

「――……………」

目が合うと、佐山のスクエア型の眼鏡の奥で、丸い目が一瞬見開かれる。全身の毛が逆立ち、毛穴が開いて汗の噴き出るような、そういう張り詰めた空気がその場を支配する。けれど、それも一瞬だ。

「あ、ありがとう……」

彼女は蚊の鳴くような声でそう言って、差し出されたケータイを受け取る。店の奥から、森田の声が「店長!」と佐山を呼んだ。

「——いいえ、ごゆっくり」

佐山は言った。仕事用の柔らかな声、微笑とともに、そう言ったのだ。

佐山は一瞬だけ俺に視線を向けたが、すぐに背を向けると、呼びかけた森田と二言三言やり取りをして、待たせていた客のもとへと向かう。

「……ねえ、佐山さん。あなたもご存じの通り、アパレルの販売は大変な仕事だ」

自分が背負ってきたその苦労を、愛する息子に味わわせたくない。最初はきっと、そんな想いが発端であったはずだ。

「でも佐山は、……悠介くんは、ここを選んだんです」

「…………」

佐山の母は、その姿をただじっと見つめ、ケータイを胸に抱きしめていた。

俺は彼女の肩を叩き、「行きましょうか」と声をかける。彼女はぼんやりとしたまま、「ええ」と頷いた。

駐車場に戻り、彼女を後部座席へ乗せる。俺が車のエンジンをかけたとき、

「悠介、綺麗だったわ……」

彼女は車の外を眺めながら、静かな声でそう言った。

俺は大きく息を吸い込み、細長く吐き出した。眼球の奥がじんと熱くなった。嬉しさにニヤけそうになるのを、奥歯を噛みしめて堪える。

「今日は銀座でもぐるっとして帰りましょう、案内しますよ」

彼女はミラー越しの俺を見たけれど、いやだとは言わなかった。

車は『新宿BLUEst』を出て、銀座に向けて走り出す。少しだけウインドウを下げると、春の風が心地よく車内の空気を掻き乱した。

「佐山さん、どこか行きたいところはありますか？」

「……」

「もし思いつくところがあるなら、エスコートは俺じゃないほうがいい。そうでしょう？」

きっと、そんな想像をしたことは、過去に一度だってなかったのだ。彼女は膝の上で、もじもじと指先を擦り合わせる。

「悠介、あんなに綺麗になって、わたしと一緒に歩いてなんてくれないわ……」

「俺はたまに、母とデートしますよ、腕を組んでね。彼女はあれで結構強請るんです、鞄や化粧品なんかを。それから、若い女性向けのかわいいカフェなんかに行きたがる」

「うふっ、そう、いいわね……」

彼女がそう言った瞬間を、俺はミラー越しに見た。「やっと笑った」と言ったら、彼女は驚いた顔をする。

「悠介くんを笑わせるのも、大変だったんですよ。俺の話、聞きます？」

そう尋ねたら、彼女はまたも小さく「うふっ」と笑う。そして俺の話に、静かに耳を傾けてくれるのだった。

佐山の母を自宅まで送り届け、『新宿BLUEst』に帰って来たころには、もう閉店時刻を過ぎていた。それでもバックヤードを通り『Roger R』へたどり着くと、BGMが消え、照明が落ちた店内に、佐山がひとり立ち尽くしていた。

「心臓が止まった、生きた心地がしなかった」

俺の足音に振り返ると、佐山はそう言った。そうだろうとは思った。けれど、「そんなふうには見えなかった」と返すと、佐山はキッと俺を睨み、俺のジャケットの胸元を掴む。

「どうして、あんなことを……！」

「…………」

勝手に会いに行って話をして、勝手に店まで連れて来た。佐山は母親の性格を充分にわかっているからこそ、そこになんの危険もなかったとは思っていない。そしてまた俺が、佐山のために助け舟を出したのだと思っている。けれどそれは間違いだ。

「きみが一人前の男になったら、俺、きみの恋人になるかもしれないんだろう?」

「な……、に……?」

「俺はださい子とはお付き合いしないが、家族を大事にしない子ともお付き合いしない」

薄闇の中、佐山が目を見開く。佐山のことも、店のことも心配だった。でも今回の俺は、それだけで動いたわけではなかった。

「きみを好きになる努力くらい、させてくれよ」

「——……ッ」

胸倉を乱暴に引き寄せられ、俺はそれに従った。俺は背中を丸め、佐山は踵を浮かせる。勢いよく迫ってくる彼の肩を押さえ、今度はぶつからないよう、そっとキスを受け入れた。

俺は佐山の想いに向き合うと決めたし、ちゃんと考えると言ったはずだ。これは佐山の努力への敬意であり、俺に返せる誠意なのだ。

俺を知りたいと欲した佐山のように、俺も佐山のことを知るべきだと思った。佐山が抱えるその孤独の闇に触れるのは勇気がいった。けれどこうして触れる体温のように、それは決して冷たいだけの闇ではなかった。

今は愛しさすら感じている。その闇こそが、佐山を俺にくれたのだから。

「………」

押し付けるだけのキスだったが、前回とは違う。たっぷり五秒、俺の唇の感触を味わい、離れたときには佐山の顔はすでに真っ赤だった。

「すまない、今のは、……我慢できなかった」

息を切らしながら、彼はまた「でも、あんたも抵抗しなかった」と言い訳をする。

「きみ、ちょいちょい人のせいにするところがあるぞ」

「う、ぐ……」

そして押し黙る彼と目が合って、見つめ合って、小さくため息を吐いたら、思わず「はは」と小さく笑いが漏れた。けれど今日の佐山は、俺が笑うのを怒ったりしない。俺を見つめる彼もまた、目を細め、目じりに小さな皺を作り、軽やかな声を漏らしたのだ。

「あはは！」

静かな店に響く佐山の笑い声は、瑞々しく透き通っていた。その声に空気が弾けるたび、キラキラと視界に星が散るようだ。そのあけすけで嘘のない笑い方に、胸のつかえが取れたような、妙に晴れやかな気分にさせられる。

「佐山、見ただろう、きみの母さんの顔を」

「驚いた。あんなふうに綺麗にしたところ、見たことがなかったから」

弾む声で言う佐山の頭を、ぽんと撫でる。

「佐山。きみが元気で、仕事を頑張っているとお母さんに伝えてある。だけど、ご飯をちゃんと食べているのかという質問に、俺は答えられなかった」

「…………」

「今夜、電話の一本でもしなさい」

するとと佐山は、一瞬視線を巡らせ、考えるような素振りを見せた。けれど彼も、この状況で躊躇《ちゅうちょ》するほどのひねくれ者ではない。佐山は唇をむずむずと動かしたあと、俺を見上げて言う。

「安西、電話するから、抱きしめてくれ」

その要求に、俺は今一度佐山の全身に目をやった。今日のコーディネイトは素材、色、形、どれをとってもまあまあと言っていい出来だ。

「……まあいいだろう、おいで」

途端、正面から勢いよく抱き着いてくる身体を抱き留める。

後頭部をグシャグシャと撫でてやり、彼の熱い耳に頬を寄せる。華奢な背中に腕を回し、力強く抱きしめたら、佐山も同じように俺の背中を掴む手に力を込めた。

「佐山、きみは大丈夫だ」

「うん……」

「きみはもう、……大丈夫だよ……！」

「うん………っ！」

二十二年の闇を切り裂いて、佐山はここまでやって来たのだ。美しき黒の原石、纏わりつく灰を払い落とし、その身を削り磨いて、今俺の腕の中にいる。佐山は変わった。灰に塗れ、ほかの石に埋もれていたころには、もう戻れないはずだ。

「安西、僕、思うようになった」

俺の襟元に頬を寄せ、安心しきったような声で彼は言う。

「将来のこととか、……自分が、どうなりたいのかとか。まだ、漠然とだけど」

「うん……」

「僕があの日見た輝きを、いつか誰かにも見てほしいって……」

今や幻かもしれない、一足の靴。佐山の人生を変え、導いた『Roger Randolph』の一筋の光。佐山はその光になりたいといっている。

いい夢だ。

きっと佐山はまた、ひた走るのだろう。目指すその光に向かって一直線に、闇の尾を引きながら——。

＊　＊　＊

ゴールデンウィークが始まり、人気スタッフ投票期間も半分も過ぎると、中間成績がバックヤードに掲示されたらしい。レディースファッションカテゴリー『Roger R』森田めぐみは、上位に僅差で三位と健闘しているとの報告を受けた。

『後半で絶対巻き返しまーす！』

そんなコメントとともに、ランキング票をバックにした森田の自撮り写真がスマホに送られてきたのが、昼間の出来事だった。

俺はその日、午前中に本社の会議に出席し、雑務を終えたあと、代官山店で勤務していた。するとタ方に店の電話が鳴り、出るとそれは新宿店の森田からだった。

『すいません、安西さん。こっち来てもらえませんか、どうしよう、わたし』

昼間とは一変、今にも泣きそうな声で彼女はそう言った。「どうした？」と尋ねても、パニックになっているのか、要領を得ない言葉を繰り返すだけだ。

そして電話越しの森田の背後から、怒鳴るような声が聞こえた。

男が口論し、なにかが倒れるような物音が続く。

『――謝れ！　岸本に謝れ……っ！』

その声は佐山の声だった。聞いたことのない、大きな声だ。

4

ゴールデンウィーク中盤のその日、『Roger R』新宿店スタッフの岸本貴恵が、体調を崩し、店で倒れた。

様子からいって、おそらく妊娠していて、つわりのためだろうと森田が言っていたが、後日その通りであることがわかった。現在結婚に向けて話が進んでいる相手がいるらしく、岸本の体調は徐々に回復しており、大事には至らずに済んだ。

しかし、ハプニングはそれだけではなかった。小端が岸本を店の奥へと誘導したとき、彼らはバックヤードで偶然通りかかった蓮谷と遭遇した。蓮谷も事情を知らなかったとはいえ、邪魔だと言って、よろめきながら通路を歩くふたりを押しのけたのだ。小端はバランスを崩し、狭いバックヤードで岸本は転んだ。

それを見て、怒ったのは佐山だった。

「――謝れ！　岸本に謝れ……っ！」

蓮谷が謝罪を口にするわけもなく、ふたりは掴み合うような喧嘩に発展した。

少し前までは母親という存在を恐れ、俺の温和な母にすら怯え、挨拶もできなかった。けれど佐山は、これから母になるだろう岸本のために、怒ったのだ。

しかし相手は蓮谷だ。辞令はすぐに出た。佐山はあっという間に販売から外され、本社の総務部に異動を言い渡されたのだ。

「仕方のないことだと思う」

異動の話を当人に言い渡すのは、上司である俺の務めだった。本社の会議室に佐山を呼び出し、そのことを告げると、佐山はあっけなく辞令を受け入れたのだった。

俺と向かい合って椅子に座った佐山は、膝の上で落ち着きなく指を擦り合わせていた。佐山の指の関節には擦りむいたような傷跡があった。蓮谷と揉み合いになった際に、壁にぶつけたのだそうだ。

俺は佐山の異動に関して、権限のある部署や人物に一通り当たってきたあとだった。残念ながら、すぐに得られるような成果はなかったが、〝仕方ない〟で片付けられるほど、俺は聞き分けよくいられそうにない。

確かに手を出した佐山は、社会人として咎められるべきかもしれない。しかし、蓮谷がしたことについては、誰も追及できずにいるのだ。佐山ばかりが罪を背負い、責任を問われるのはあまりにも不公平である。

「佐山、必ずきみを連れ戻すから、しばらく辛抱していてくれないか」

「いいんだ。総務でもロジャーはロジャーだ」

「……本気で言っているのか？」

敵に回したのが蓮谷だ。下されたジャッジを覆すのが容易ではないことは、佐山にも想像がつくことだろう。しかし、総務でも構わないという言葉は聞き捨てならなかった。思わず尋ねた声は普段より低くなり、佐山の頬が強張ったのがわかった。

「店のみんなには申し訳ないと思っている。よろしく伝えてほしい。特に森田は……」

「話を逸らさないでくれ、佐山」

トラブルを起こしたことで、『新宿BLUEst』の投票企画から『Roger R』は辞退することになった。それが決まったとき、森田の票数は二位まで上り詰めていた。しかし、

「森田はきみを責めない、小端も岸本もだ。きみが戻って来ることを望んでいる。わかるだろう？」

ただの喧嘩であれば違ったかもしれない。けれど佐山は、そのときのみんなの怒りを肩代わりしたのだ。手を出したことに後悔や反省はあっていい。しかし、つまらないことで怒ったと、自分を責めてはいけない。

「佐山、そういじけないでくれよ。俺がきっと、……」

なんとか彼を慰めようとかけた言葉を遮り、佐山は「放って置いてくれ！」と掠れた声を荒げた。

「僕は森田を一番にしてやれなかった、あんたの期待に応えられなかった！」

「佐山、そんなことは、もう――」

「みんなに合わせる顔がない！　それに、これ以上、あんたに迷惑をかけるのもいやなんだ！」

「…………」

確かに佐山を連れ戻すには根気がいる。俺に迷惑をかけるくらいなら、販売を離れることもいとわないという意味だ。

販売ではなくても、ロジャーはロジャーだ。それは佐山の言う通りだった。俺が佐山を販売部に引っ張ったというだけで、それは彼の本意ではなかったのかもしれない。今まで懸命に仕事に取り組んでいたのも、ただ俺に気に入られたいがためで――違う。佐山はロジャーを愛している。そしてちゃんと仕事にやりがいを見つけ、夢を見つけ、その不機嫌な唇で、楽しいと言ったじゃないか。

誰かの光になりたいと言っただろう。暗闇に差す一筋の光になって、誰かを救いたいのだろう。母親という狭い世界の中で、闇に塗れ、孤独のまま生きていた、いつかの自分が救われたときのように。

けれど今の佐山は、唇を引き結び、決して俺のほうを見ようとしない。それは諦めではなく、彼の覚悟であり意地でもあるように見えた。素直な面もありながら、元来《がんらい》非常に頑固な性格なのだ。

「…………佐山」

俺は撫でるように名前を呼び、膝の上の彼の手をそっとすくい上げた。驚いて引っ込められそうになった腕を掴み、緊張して冷えた指先を温め、解すように両手で包む。

「佐山、どうか、俺の目を見てくれないか」

俺のお願いに、佐山は視線を泳がせ、やがて観念したように視線をくれた。俺は椅子を立ち、佐山の前に膝をつくと、彼の顔を覗き込んで、そっと尋ねる。

「本当はどう思ってる？　どうしたい？　きみが望むことをぜんぶ、かなえてあげよう」

途端、俺の手を握り返してくるその強さに、彼の抱える悔しさを知る。佐山は不器用だけれど、自分の心を偽り、誤魔化すような嘘は覚えなくていい。

「……そうやって、僕はいつも、あんたに助けられてばかりだ。そんな自分が情けなくて、いやなのに……っ」

彼は唇を戦慄《わなな》かせ、震える声でそう言った。泣き出しそうに表情を歪め、眼鏡の奥で潤《うる》んだ瞳が、俺を見つめる。

「……異動、いやだ。離れたくない」

絞り出すような声で、佐山は言った。それこそが彼の本心だ。店に帰りたい、小端たちと一緒に働いていたい。そして、俺のそばにいたいと望んでくれている。

俺は腰を浮かせ、項垂れる彼の頭に、そっと唇を押し当てるだけのキスをした。俺からの初めてのキスに、佐山はぱっと顔を上げると、キスを受けた脳天を押さえ、驚きを隠せない様子で目を見開く。

「………な、……なんだ、今のは」

「おまじないだよ。どうか、店に戻りたいという気持ちを忘れないでくれ」

「——わ、悪い男だ。あんた……、こんなときに、キスを……！」

てっきり、「僕を弄んだな」と非難されるものと思ったが、違った。

「キスを、口にしてくれないなんて」

「……っ」

素早く彼のうなじを引き寄せ、その唇に自分の唇を重ねた。

ほんの二秒、触れるだけのキスだ。

「これでいいかい」

「あ……」

確かに俺は悪い男だ。でもそれは、佐山に初めての「おやすみ」を言ったあの夜には、もうとっくにそうだった。

今や、佐山の意志や夢を守るためなら、唇のひとつやふたつ、捧げるのは簡単だ。彼の前に立ちふさがる困難のすべてを振り払うためなら、なんだってする。佐山が気にする迷惑だって、喜んで被ろう。

「……いい子で待てるね？」

赤く火照った頬を撫でてやり、尋ねた。

きみの笑顔を取り戻せるなら、いくらでもきみを誑かし、その好意を弄び、何度でも甘く「おやすみ」を言ってあげる。だから、絶対に諦めないでくれ。夢に向かって、ひた走ることを――。

「…………」

佐山は口を噤み、返事をしてはくれなかった。潤んだ瞳で俺を見つめ、そして不機嫌そうに、ただ表情を歪めるのだった。

事件の余波は決して小さくなかった。

新宿店からは佐山がいなくなり、岸本もつわりが落ち着くまではシフトに入れない。俺がフルに新宿店に入ったとしても、小端と森田だけでその穴を埋めるのは不可能だった。八月末に閉まる店だ。追加の人員を入れるのも難しく、他店からヘルプを呼ぶことでなんとかフォローに当てた。

そんな対応をしながら、三店舗を管理し、動揺を隠せない小端・森田のふたりの精神的なケアを行う。そこに必要な雑務を加えれば、異動した佐山の様子を気にする時間的な余裕がないまま、日々はあっという間に過ぎていった。

「――佐山を返してくれ、お前が言えばすぐだろう」

俺はそんな生活の中でも、一階の『Roger Randolph』で何食わぬ顔で働いている蓮谷のところへ出向いた。バックヤードでそう詰め寄ったが、蓮谷は当然聞く耳を持たなかった。

「お前、随分と佐山をかわいがっていたな。あんなかわいげのない、ダサいガキのなにがいいのか知らないが、楽しそうで、微笑ましかったよ」

「俺のことを嫌うのはいい、だが佐山は関係ないだろう」

「俺に掴みかかって来たあれが悪い」

「小端と岸本への、お前の行いはどう説明をつける」

声を荒げそうになるのを必死で抑え問い詰めると、蓮谷の眉がぴくりと動いた。

「妊婦《にんぷ》だとは、あとから聞いた。だが俺がなにをしたかは、なかったことになっている」

蓮谷はばつが悪いのか、俺のほうを見ずにそう言った。

蓮谷は俺に決して譲らない。わかっていたつもりだったが、まさかここまでとはと呆れた。

蓮谷は気が小さく嫌味な男だが、反面、仕事には真面目で、優秀であることを俺は認めていたし、なにより友人であるミアの恋人だ。

しかし今回ばかりは捨て置けず、思わず胸倉を掴むと、蓮谷の顔が恐怖に強張る。しかしそんな場面においても、彼の饒舌《じょうぜつ》は変わらなかった。

「おいおい、よしてくれ。お前の体格で暴力を振るわれたら、こっちはたまらないよ」

「…………っ」

「お前も佐山と一緒に、仲良く書類仕事をするか？」

俺は自分が情けなかったが、同時にそこで踏み留まった自分を褒めもした。佐山を救うには、俺が蓮谷の手に落ちてはいけない。

「安西、お前もそんな顔をするんだな」

歪んだ襟元を直しながら、蓮谷はそう言い、「はっ」と小さく笑ったのだった。

蓮谷にそう言われて初めて気が付いた。俺は珍しく感情的になっていた。それは焦っているからだ。このまま手をこまねいていれば、佐山を失う。蓮谷に攫《さら》われて、俺の手元からいなくなってしまう。その恐怖に迫られ、次第に余裕を失い始めていたのだ。

「くそ……っ」

眼球の奥に、カメラのフラッシュがちらつく。まばたきの一瞬、訪れる闇には、絶望のランウェイが伸びている。早くその道を行けよと、もうひとりの俺が囁くのだ。彼は裸足の二十四歳。ひび割れた身体の真ん中は、空洞になって向こう側の闇が覗いている。

早くしないと、また失うぞ——このために、この世に生を受けたのだと思えるものを。

＊　＊　＊

俺の生活はその後も多忙を極め、その間の佐山との連絡は希薄だった。一度様子を見に行かなければと思ってから、俺が本社で時間を捻出し、総務部に顔を出せたのは、佐山が異動になってから三週間が経過した五月の終わりだった。

「佐山悠介は……？」

総務部のオフィスに入るなり、一番近くにいた女性に声をかけた。ぱっと周辺の若い女性陣が色めき立つ、その反応は男として大変ありがたいことだが、今はとにかく疲労困憊《ひろうこんぱい》で、愛想のいい笑顔を作る余裕もなかった。

「佐山さんですか。確かに異動して来てもらって、一緒に仕事していたんですけど」

彼女はそう言って言葉を濁した。

「ですが、その……、蓮谷さんが」

「蓮谷が？」

総務部に異動して三週間の佐山の様子について、彼女とほか何名かから話を聞いた。

佐山の仕事ぶりはよかったとのことだ。物覚えが早く、仕事は迅速かつ正確。無口で同僚と親しくする様子はなかったが、毎日身綺麗にしていて、時間通り出勤し、特別鬱々とした印象でもないとのことだ。

しかし一週間ほど前から、総務の仕事を外されているという。なんでも、蓮谷が佐山を呼び出し、秘書のように私物化しているとのことだった。

「蓮谷が……？　いったいどういうことなんだ？」

「いえ、わたしたちにも、なにがなんだか……。蓮谷さんって、怖い人だって有名ですし、詳しいことはちょっと」

　俺は総務部を出たあと、佐山のケータイに電話をしたが出てくれず、メッセージも送ったが、すぐに反応はなかった。

　次に『Roger Randolph』新宿店に電話をした。スタッフが出たが蓮谷は休みだというので、気は進まなかったが蓮谷のケータイに電話をかける。しかし、あの男が俺からの連絡に応じたことは過去に一度もなかった。

　一向に出る気配のない蓮谷へのコールを切ると、入れ替わりのように俺のスマホに着信があった。ディスプレイには、支倉ミアの名前が表示されている。

「ミア？」

『……慶治。聡一さんのスマホに、あなたからの着信があったから』

　蓮谷が近くにいるようだ、電話越しのミアは声を潜めている。

『佐山さんのことでしょう。時間、作れる？　会えないかしら……』

　嫉妬深いだろう蓮谷に、俺とミアの密会は決して悟られてはいけない。蓮谷が仕事中の昼間を指定され、俺はそれに応じることになった。

数日後の昼間、俺はミアの撮影現場近くのカフェで、彼女と落ち合った。

「聡一さんの鞄持ちをすると言い出したのは、佐山さんのほうよ」

ふたりきりで話をする久しぶりの機会だが、ミアは俺の真正面に座ると、前置きなくそう切り出した。彼女の言った内容は、とてもじゃないがすぐに信じられるものではない。

「聡一さんが、気まぐれでちょっと秘書まがいの仕事をさせたら、佐山さんが、もっと聡一さんの仕事を手伝いたいって……」

「なぜ?」と尋ねると、ミアは眉根を寄せ、首を横に振る。

「佐山さんは車の免許を持っていないから、わたしと三人で移動することもあるんだけど、彼って無口で。でも、なにか目的があるんじゃないかしら」

「目的って」

「わからないわよ、でもそうでもなきゃ、あの人の鞄持ちなんて、普通耐えられないわ。あの人、彼を召使《めしつか》いみたいに扱うのよ。ついこの前なんて、部屋の掃除を任せてた。ハウスキーパーじゃないんだから、彼も従わなくてもいいのに。わたしが少しかばうと、佐山さんも構わないって言うし、聡一さんは『若い男がいいのか』って怒鳴るのよ、馬鹿でしょう……」

「佐山が………」

佐山のその言動には違和感を覚えた。いくら相手が蓮谷でも、そんな扱いを受けて、黙っていられるほどか弱い男ではないはずだ。

「連絡がつかないのは、仕事中は聡一さんがうるさいからよ。それに毎日くたくたになるまで働かされていると思うわ。今日の夜にでも、あなたに連絡するよう佐山さんに言ってみる。聡一さんのことなら任せて、どうにか彼の気を引いて時間を作るから……」

ミアはそこまで言うと、ふとティアドロップ型の色の薄いサングラスの奥で、視線を落とす。ティーカップのハーブティーの水面で、ミアの切ない表情が揺れた。

「ごめんなさい、慶治。それでもわたし、あの人のことが好きよ。愚かで、弱い人。でもわたしに一途で、一生懸命で、誰よりも紳士よ。わたしの王子様、夢のような時間をくれる人……」

ミアは小さく鳴くように、「あの人を、どうか許して」とつぶやいた。彼女が請う許しの内容がなんなのかは、聞く前に察することが出来た。きっとミアはずっと知っていたのだろう。けれど、ずっと互いに口を閉ざしていたことだ。

「本当は知っているんでしょう、……あのとき、あなたの最後のショーで、あの人がなにをしたか……」

「…………」

二十四歳の冬、『Roger Randolph』最後のランウェイ。そのラストの出番で、忽然《こつぜん》と姿を消した靴——『Cinderella』。

血の気の引いた顔で、いつもの悪態も吐けなかったあの日の蓮谷の顔は、今でもよく覚えている。俺が履くはずだったあの靴は、蓮谷によって持ち去られたのだ。気づいていたけれど、今までずっと目を逸らしてきた。全身からロジャーを引き剥がされて、現実と向き合う気力すらも奪われていたからだ。

「あの人、とても後悔しているわ。あのときの自分の愚かな行動で、あなたの人生を狂わせてしまったこと……。お酒を飲んで、酔っぱらうたび、泣きながらわたしに懺悔《ざんげ》するのよ、自分はなんて馬鹿なことをしたんだって。安西、ごめん、ごめんって、うなされて夜中に飛び起きることもあるわ」

「蓮谷が……?」

「そうよ。自分の罪を、慶治に知られることを恐れているの。あの日からずっと、何年も何年も、あなたに怯えて生きている」

だから顔を合わせるたびに、噛みつかずにはいられないのだ。気の小さい蓮谷らしい、愚かなことだと思った。

「慶治、……なぜあの人が、あなたのことを目の敵にして、意地悪をするのかわかる?」

「それは、きみと俺の仲を疑って……」

「あのころはそう。でも、もうわたしはあの人のものよ」

ミアはそう言うと、戸惑う俺の顔を見つめ、困ったような笑みを浮かべた。

「わたしにアプローチし始めたころの聡一さんは、仕事もいい加減で、鼻持ちならない親の七光りだったわ。正直、こうして付き合っていることが、今でもときどき信じられないくらいよ。でもあの日を境に彼は変わった。人一倍勉強して、努力して、成果を出せるようになった」

言われてみればそうだ。今でこそ同期の中で出世頭の蓮谷だが、入社してしばらくの彼は、十人並みの実力しか持たなかったはずだ。取り立ててセンスがいいというわけでもなく、口ばかり大きい。そんな彼だからこそ、俺もなにを言われても耐えられていた記憶がある。

「……ねえ、あの日、あなた彼に言ったんでしょう。ロジャーをなめているのか、って。あの人は、あなたにそう言われたとき、『Roger Randolph』の人間になるっていうことが、どういうことなのか、思い知ったのよ……」

――お前はロジャーをなめているのか。

確かに言った。裸足で戻った控室で、どうしてほかの靴を履かなかったのかと尋ねられたときのことだ。そして、蓮谷の活躍が目立つようになったのも、ミアとの交際が始まったのも、あの日よりもあとのことだった。

「聡一さんは、あなたをライバルだと思ってる。あなたは人を惹きつけ、愛される人よ。あの人は、慶治のようには生きられないけど、……だけど、違う方法で、ロジャーのために生きることを選んだの」

そして蓮谷は、誰に嫌われても、『Roger Randolph』のために、数字を出し続けることを選んだ。過去の過ちを、ロジャーの人間として、ロジャーに尽くすことで償《つぐな》おうとしているのかもしれない。

「ミア。あのころ、俺に対して、少しでも、蓮谷が嫉妬するような気持ちがあった?」

俺の問いに、ミアは迷わず「いいえ」と小さく首を横に振った。

「あなたは、わたしには強すぎる光だった」

「…………」

「聡一さんにとっても、きっとそうだったのよ……」

だから嫉妬せずにいられなかったのだと、そういう意味なのだろう。

皮肉だ、俺が靴を失い、絶望の淵を歩いたあの日、蓮谷は生まれ変わり、ミアの心を射止めるまでになった。そうと知ってしまったら、俺はあの日の出来事や、蓮谷のことをただ憎むことができなくなってしまう。

でもきっと、そんなふうに思うこと自体が間違いなのだ。憎むべきは、あの日の事件ではない。あの事件のあと、なにもできなかった俺自身だ。

突き付けられた絶望に負け、足掻こうともせず、その運命を受け入れ、漠然と生きることを選んでしまった——俺自身なのだ。

「ミア。……佐山を、返してほしい。あの子は、俺の、大事な……」

俺の言葉に、ミアはひどく優しい声で、「慶治、あなた随分素直になった」と言った。

「佐山さんを取り返すためなら、それを口にできるのね」

「――……………」

返してくれ、それは俺の大切なものだ。

――二十四歳の冬からずっと、俺はそれを叫べなかった。

俺は変わってしまったから、靴を失う前の俺には戻れない。けれど失う恐怖なら知っている。

だからもう一度失うということが、自分にとってどんな意味を持つのか、それをわかっているから、叫べるのだ。

「返してくれ、お願いだ……っ」

「……伝えるわ、でも」

期待はしないで、と告げ、ミアは店を出て行った。

彼女の背中を見送ったあと、俺は頭を抱え、深いため息をつく。ここ最近はほとんど休みなく働き、睡眠時間も短く浅いせいか、座っていても眩暈がした。いくら現状を嘆いても、午後の会議の時間は迫っている。本社に戻り、会議のあとは代官山店に行かなくてはいけない。

重たい身体を引きずって立ち上がる。一歩踏み出すたびに、俺の身体は氷のつるぎに貫かれるあの日の感覚を思い出していた。

その日の夜、ミアは約束通り佐山に時間を作ってくれたらしい。仕事帰り、駅からマンションまでの帰路で、佐山からの着信があった。慌てて出ると、『安西』と俺を呼ぶ声は、疲労のためかわずかに掠れていた。

『すまない、なかなか連絡ができなくて、今、ミアさんが』

「――わかっている」と言葉を遮る。今はとにかく時間が惜しい。

「佐山、すまない、俺のほうは、まだいい知らせがない。だけど、まだあてがいくつかあるから、必ずなにか糸口を……」

『ああ。いろんな人から、あんたが僕のために動いてくれていると聞いている』

だが、蓮谷相手に苦戦している。今蓮谷の近くにいる佐山は、それをわかったうえでそう言っているようだ。

「……なあ佐山、蓮谷のそばでなにをしているんだ。きみ、自分から蓮谷の」

『――すまない、安西。もう少し、時間が欲しい』

佐山の声が突然小さくなり、わずかに焦るのがわかった。佐山の背後で、がたっと物音がする。蓮谷とミアの話し声もだ。

『僕を信じて、待っていてくれ』

佐山は声を潜めてそう言った。だが今の俺には、佐山の言っていることが理解できなかった。

ひどい寒気が俺の脊髄を撫で、腹の底から怒りに似た感情が沸々と湧き上がる。

「……待つ？　……待つってなんだ……？」

尋ねる声が、自然と大きくなった。佐山を失う恐怖は、俺のすぐ後ろまで迫っている。なのに、佐山は俺に、なにを待てというのだ。

『安西？』

「待つってなんだ！　待っていたら、きみはひとりでに戻って来るのか？」

あの日失った靴は、自分で歩いて俺のもとへ帰ってくることはない。砕けた心も、あの日のランウェイに置き去りのままだ。待っていたってなにも起きない。そのままにしていたら、時だけが残酷に過ぎていくのだ。

「わかるだろう、佐山……っ！　奪われたら、奪い返さなきゃいけないんだ！　じゃなきゃ永遠に失うことになる！」

『安西』

「――もう一秒もきみを失っていられない！」

電波の向こうで、佐山が息を呑んだのを聞いた。俺は自分がなにを叫んだのかわからなかった。それくらい動揺し、焦りに支配され、混乱していた。そんな俺を宥めるように、佐山は静かな声で言う。

『安西、もう一度言う』

佐山の不機嫌な表情を、突き放すような険のある喋り方を、美しく危うい横顔を、ピンと伸びた背筋を思い出した。耳からうなじまで赤くなるかわいい体質、唇をむずむずと動かす妙な癖、理不尽で下手くそな言い訳――触れるだけの、不器用なキス。

そして軽やかに弾けるその笑い声と、目を細め、目じりに皺を作り、綻ぶように笑う笑顔が頭に浮かんで、目の前が涙に滲んだ。

『……僕を信じて、待っていてくれ』

「……っ」

佐山を信じられないわけではない。

俺は、佐山を失ったら生きていけないことに、もう気付いているのだ。

＊　＊　＊

人事部や上層部に掛け合うと、俺に協力的な姿勢を見せてくれる者もいた。しかしながら、相手が蓮谷であること、佐山が先に手を出したことが事実である以上、佐山の異動を取り消させるのは難しいと結論づくのに、そう時間はかからなかった。

「組織も人が作っている、これぱかりはな……」

一番の協力者である嘉村も、ため息とともにそう言った。

俺は完全に手詰まりであることを、認めなくてはならなかった。

その日は新宿店での勤務だった。小端も森田も明るく振舞ってはいたが、それでも時折その表情に疲れを感じさせた。五月を終え、六月に入ってからの売り上げは振るわないでいる。佐山を失った『Roger R』新宿店は、どこか活気に欠けていた。

不思議だった。佐山は接客下手で、売り上げが高いわけでもなく、明るく振舞える性格でもなかった。けれど彼がいないだけで、これだ。佐山が選んだスタッフが働く店だが、佐山がいなければ成立しないのだということは、忘れていただけで、そういえば当たり前のことだったかもしれない。

──僕を信じて、待っていてくれ。

佐山が言った言葉は、時折俺の頭の中をリフレインする。なにか目的があり、そのために時間が必要で、だから彼は俺に「待て」と言ったのだ。理解はできたが、彼がいったいなにをしているのか、そしていつまで待てばいいのかもわからない。

佐山のことだ。きっとひた走るように、なにかに向かって努力をしているのだろう。けれどそれも佐山のことだ、その努力の行き先は本当に合っているのだろうか、と考えると不安になった。

整理のつかない頭の中に、諦めの文字が浮かぶ。背後に立つひび割れた二十四歳の俺が手招きしている。バラバラに砕けてしまえば、いっそ楽になれると囁くのだ。

重たい疲弊を引きずったまま営業終了時間まで勤務し、片づけをして新宿店を出た。心なしか足取りはふわふわして、目の前がかすんだ。身体的な疲労は着実に蓄積《ちくせき》されており、そこに精神的な疲労が加わっている。次の休みはいつ取れるだろうかと頭の中でスケジュールを計算したが、それを考えることも次第に億劫《おっくう》になり、やめてしまった。

電車に乗り、最寄り駅から自宅マンションへの帰路を歩く。六月上旬、昼間の気温はすっかり上がったが、夜はまだどこか肌寒い。袖口を抜ける夜風が、俺の胸に空いた空洞を撫で、口笛のような音を立てた気がした。それは俺にしか聞こえない、孤独の音色だ。

もう日付が変わろうという時間だった。ようやっと自宅マンションの前まで到着したとき、植え込みの淵に、丸まった人影が見えた。

「………」

彼は名前を呼ばずとも、俺の足音に顔を上げた。黒の上下、靴やシャツに至るまで黒づくめであったが、初めて会ったときの黒とはまったく異なる、洗練され、バランスや素材を計算され尽くされた、美しい黒の——佐山だった。

「安西」

佐山の声に、息を呑み、一度大きく吸った息で、そのまま彼の名前を叫びそうになったのを、必死に飲み込んだ。

「ああ、ごめんよ、また……」

慌ててポケットのスマホを取り出したが、しかしそこに佐山からの着信はない。佐山は「好きで待っていた」と言った。

「佐山、きみ……」

突然佐山が目の前に現れた驚きに、まだ頭の回転や言葉がついてこない。そんな俺を気にせず、佐山は「会えてよかった」とどこか晴れやかな表情で言う。

「安西。待たせてすまなかった」

「………それは、目的を果たしたってことかい？」

俺の問いに、佐山は大きく頷く。

「ああ。蓮谷さんのもとは、扱いはよくなかったが、耐えられた。どうしても、気になることがあったから」

佐山は立ち上がり、傍らに携えていた紙袋から、ビニール袋を取り出す。「見てくれ」と言いながらさらにその袋を剥ぐと、安っぽい無地の靴箱が現れた。

「それは？」

尋ねると、佐山はその箱の蓋を外し、俺の胸に突き出してくる。

箱の中には一足の靴が入っていた。マンションの明かりを受け、緑みを帯びてうねる軽やかなキャメルのボディ。かわいらしいタッセルにそぐわない、とがったシルエット。『Roger Randolph』で最も売れたメンズシューズ――『Cinderella』だ。

その靴を見ること自体は珍しいことではない。自分の手でも何足も売った代物で、未だにネットなどで話題にされることも少なくないからだ。しかし、

「――二十九センチだ」

「え……？」

佐山は真っ直ぐに俺を見つめ、歯切れのいい声でそう言った。

「ロジャーのメンズシューズは二十八センチまでしか作られない。だからこの二十九センチの靴は、ランウェイを歩く安西のための、一足しかないはずだ」

「…………まさか」

「これは安西の靴だ」

動揺に視界が揺れると、靴は異なる色の虹彩を放つ。その微細《びさい》で美しい色の変化に、体温が少し上がった気がした。これが、あの日失われた俺の――。

「はは……、嘘だろ。いったい、どうして……これを、きみが……」

恐る恐る、その靴のボディに触れる。指の腹に焦がれた感触を覚え、その色が揺らめくのを見て胸が騒いだ。かっと目元が熱くなったと思ったら、次の瞬間には視界が潤み、なにも見えなくなった。

そして、ぼたぼたと音を立て、靴に涙の雫が落ちる。

「――安西」

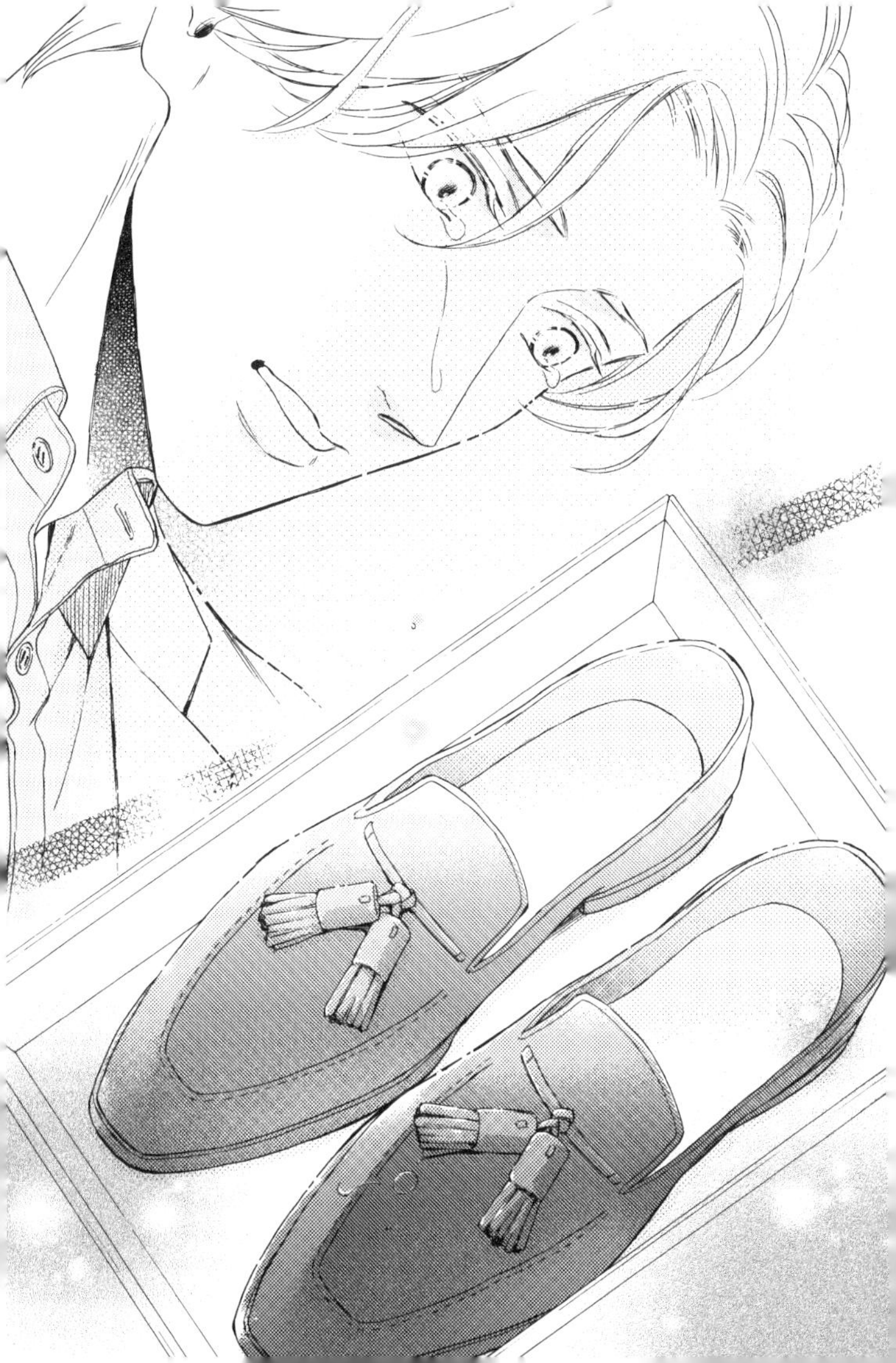

俺を呼ぶ佐山の声が、腹の奥底に力強く響いた。

「あんたは僕を連れ戻してくれると言った。だけど待っているだけでは、あんたに助けられてばかりの僕から変われない」

「………」

「あんた言ったろう。困ったときは一度立ち止まって、落ち着いて状況を整理して、自分にできる最大限のことを考えろって……」

俺を見つめる佐山の瞳にも、わずかに涙の膜が張った。彼は一度、すんと鼻を啜る。彼も泣き出したいのを、堪えている。

「僕が店に戻るには蓮谷さんの許可がいる。僕はあの人を説き伏せることはできないが、近くに潜り込むことはできると思った。そして俺が蓮谷さんならと考えたんだ。もし本当にあの人が靴を持ち去ったのなら、きっと処分できずに、自分の手元に置いておくって……」

彼は含み笑いをして、「あの人は気が小さいから」と付け足した。

「そして蓮谷さんの部屋のクローゼットの中でこれを見つけたんだ」

佐山の目的、それは失われたはずの、俺の心だ。

この靴を探し出すために、蓮谷の小間使いを引き受けたのだ。厳しい怒号を浴び、理不尽に耐え忍ぶことになると、わかっていたのに。

「安西、この靴を履いて、蓮谷さんを説得してくれ。この靴を履いたあんたに、きっとあの人は勝てないから……」

そして佐山は顔を上げ、笑顔を見せた。

「あはは！　やっと……堂々と言える、嬉しい……っ！」

「佐山……」

「安西、僕を、連れ戻してくれ……っ！」

その声は活き活きとした響きで、俺の胸の内にある灰色の靄を一掃した。そして俺の目の前に、一筋の光が差す。

──佐山、きみという光だ。

「……きみはまるで、俺の王子様だ」

俺を救うのは、神様でも魔法使いでもない。どこまでも俺に一途で、一生懸命で、そして、夢のような時間をくれる──王子様。二十九センチのガラスの靴を持って、今夜俺を迎えに来た。

待っていては、永遠に失うと思っていた。だけど佐山は、自分の脚で俺の下へ帰って来た。奪われた俺の過去や、置き去りになっていた心のすべて引き連れて、その靴を俺に履かせるために、帰って来たのだ。

なにも恐れることはない。俺は佐山を失ったりしない。何度奪われ、引き離されても、佐山は俺のところへ帰って来る。彼はそれを「信じて待て」と言ったのだ。

「…………っ」

差し出されたその靴を前に、涙が止まらない。滲んだ視界の先で、佐山が俺を見つめている。

「佐山」

震える声を絞り出した。佐山は口を噤み、俺の言葉を待っている。

「きみを愛してる」

それを口にしたら、冷たい空気がどっと胸に押し寄せてきた。置いてきたはずの心が、胸のあるべきところに戻ってきたのだと思った。彼を好きだと認め、それを言葉にしただけで、一度バラバラに砕けたはずの身体がひとつになっていくのがわかった。

「きみが、好きだよ……」

佐山への想いを言葉にするたび、傷だらけの身体が、息を吹き返す。

俺を見つめる佐山の唇がむずむずと動いて、それから彼は堪えきれずに笑みと、そして涙の粒を三粒こぼした。

「なあ安西、今日は、部屋に入れてくれるか？」

佐山は見ろ、とばかりに両手を広げて見せる。艶のある黒一色のコーディネイト、もちろんシャツの一番上は、銀のメタルボタンだ。

「——今夜のきみは、パーフェクトだ」

そう答えたら、途端に抱き着いてくる華奢な身体を抱き留める。強く抱きしめたら、そのぬくもりにもう一度涙が溢れ、心は満たされていった。

佐山、きみは俺の王子様だよ。だって俺の過去も、今も、そして未来までもをきみが救ったのだ。その深い闇と、強い光で——。


「……う、ん……っ」

玄関に入るなり、首に抱き着かれ、体重をかけられて、十二センチの身長差ぶん、俺は背中を丸めることになった。キスを仕掛けてきたのは佐山のほうだったが、相変わらず、ただ唇を押し付けてくるだけの拙いキスだ。

「こら、佐山」

腰を抱いただけでびくりと身体を震わせる彼の顎を持ち上げ、顔を傾けてゆっくりとキスをし直す。何度かついばみ、そっと彼の上唇を食んだ。人前でものを食べられない彼が心配で、「いやなら、しない」と告げると、おずおずと口を開けるのがいじらしい。

「鼻で息をしなさい」

「ふう、ん」

彼は素直に俺の言うことを聞いた。薄い唇を舐り、口腔内に舌を忍ばせる。上品な歯列を撫で、引っ込んだ彼の舌を引きずり出した。甘く噛みつき、じゅる、と音を立てて吸い上げると、彼の膝が折れる。

佐山のパンツのフロントが熱く、突き出している。それが俺の太腿《ふともも》に当たると、彼の口の端から「あっ」という声が上がった。色気には足りない、それは驚きの声だ。

「ま、待って……」

「いいよ、待とう」

善意で言ったつもりだったが、佐山は顔を真っ赤にして、「待たなくていい」と泣きそうな声で言った。

「このまま、しがみついていて」

そう言って佐山を横抱きにすると、彼は小さく悲鳴を上げ、俺の首にぎゅっとしがみついてくる。触れる頬はなめらかだが熱く、緊張に細い身体は固くなっていた。

そのまま寝室のベッドに彼を運んで座らせ、足元に跪いて、彼の靴を丁寧に脱がせた。灯りのない部屋の中、全身を黒に身を包んだ佐山の、わずかに覗く素肌だけが白く光って見え、紅潮した顔が俺を見下ろしている。興奮を隠すことも、抑えることもできず、俺を求める、初めて見る表情だ。

佐山の膝を跨ぐようにベッドに乗り上げ、彼の顔にキスを降らせる。細い首を撫で、ジャケットを脱がせた。後頭部を抱え、ゆっくりと横たえると、佐山は俺を見上げて困ったような顔をした。

「なにか気に障ることが？」

佐山は唇を尖らせ、「随分と丁寧だ」と文句をつける。

「大切だからね、相応の扱いをするよ」

「は、早く触ってほしいと、言っている」

佐山は自分の発言になお赤面し、顔を覆って足をバタバタさせて悶《もだ》えた。数度のキスで、もう佐山はすっかり焦らされているようだ。

「ふ、そういうきみもかわいいけど、もう少しこの情緒を楽しんでくれ」

「はぁ、う……っ」

唇を重ねると、彼の口から甘くとろけた吐息が漏れる。シャツの首元に指を滑らせ、撫でるようにボタンを外した。男のシャツを脱がせるのは初めてだった。合わせが逆で、少々手こずった自分を内心笑った。

大人しくされるがままになり、佐山は視線だけで俺を誘う。その瞳の綺麗さにはいつも引き込まれてきたが、その清廉《せいれん》さを汚したいという欲求に突き動かされることはない。その代わりに、その宝石の瞳を磨き、朝が来るころには、さらに美しいまなざしで俺を見つめられるよう、育ててやりたいという野心が湧いた。

「ん、あ……っ」

脇腹に掌を滑らせると、その身体がびくりと震えたが、それは待ちわびていたという反応だ。唇、頬にキスをしてから、身体の細かな凹凸を唇でたどり、掌で手触りのいい身体を撫でる。指の腹で筋肉の形をたどり、熱を移すように摩ってやった。

平たい胸を大きく撫で、胸の突起を押しつぶすと、彼は微妙な顔をしたが、それはこれから感じるようになるという予感とも取れた。唇を寄せ、そこを舌で舐り転がし、反対を指で優しく撫で摩ると、佐山は小さな悲鳴を上げる。

「ふ、そんなとこ、いやだ、……あう、ん……っ」

ぴくぴくと震える青い果実、食べごろにはまだ早い。しかし、膝を擦り合わせるようにもじもじと腰を捩る彼の兆しは、身体の成熟を待てないとばかりに主張していた。

「んっ、ふ……っ」

服の上からその膨らみに触れてやると、佐山は唇の端から息を逃がした。ベルトを外し、フロントジッパーを下げる。下着の色も黒だ。それを下ろすことに少しも躊躇がないと言えば嘘になるが、それでもかわいい彼の願いをかなえてやりたいという想いが勝った。

「あっ、あっ、……っ」

その下着に指をかけてずり下す。まだろくな刺激も与えていないのに、先ほどから主張し続けていた彼のペニスは、蜜をこぼしていた。それを掌で包み込み、ゆるゆると扱いてやると、佐山は俺の肩にしがみついて息を荒げる。

「あっ、ふ、ううん……っ」

俺の掌の中で震えて体積を増すそれは、しとどに濡れ、ぬちぬちと粘着質な水音を立て始める。人に触らせるのは初めてだろう。必死に刺激に耐える表情は、初めて知る快楽に次第に飲み込まれていく。

「もっと優しいほうがいい？」

「……、そんなことは言っていない……っ」

その要望に応え、彼の綺麗な色の屹立を強く責めた。真っ直ぐで形のいい竿の裏、太い血管を押しつぶしながら扱き上げ、くびれをくすぐり、鈴口を指の腹でぐり、と強く擦ると「ううん」と鼻を鳴らして細い腰を捩る。

瞼を閉じ、まつ毛を震わせ感じ入る姿は、子どもだとばかり思っていた彼の、爽やかに匂い立つ色気を感じさせた。

「ああっ、あっ、い……っ」

はあはあと荒い呼吸に胸が大きく上下し、俺にしがみつく力が強くなる。自然と引き寄せられて、顔が近づき、とろけた瞳と目が合うと、彼の眼鏡が邪魔だということに気付いた。口を開け、眼鏡のテンプルに噛みつき、彼の顔からそれを剥ぎ取る。横に捨て、ようやく彼の潤んだ目元にキスを送った。

「安西、安西……っ」

俺の首に回った腕に引っ張られ、唇に噛みつくようなキスを受ける。じゅうじゅうと吸い付いてくる必死さが愛おしく、俺は落ち着けと言い聞かせるように彼の唇を舌でゆっくりと撫でる。それが歯痒いのか、彼の腰がじれったそうに揺れた。

「ああっ、あっ、安西、もうっ、いきたい、いきた……っ」

若いペニスは腹に付くほど反り返り、俺の手の中でびくびくと震え、限界を訴えている。

「いいよ、出して」

「ひ、あ……っ」

耳の輪郭を唇でなぞり、耳の中を舌で濡らして、そう告げる。同時にひときわ強く彼の欲望を扱き上げると、佐山の白い喉は反り返り、ひゅっと音を立てた。途端、俺の掌に熱い飛沫《しぶき》が撃ち出される。

「ああっ、はあっ、はぁっ……！」

どく、どく、と吐き出されるそれを受け止め、震える彼の下腹部を労わるように撫でた。ぜいぜいと息を切らす彼の頬にキスを落として、「かわいかったよ」と、賛辞を述べる。

互いにほとんど服を着たまま、佐山のパンツも太腿まで下ろしただけだ。俺は手の中に吐き出されたそれが、溢れて服を汚すようなことがないよう、そっと包み込んだ。指の間でぬちゃ、と生々しい音を立てたが、不思議と不快感はなかった。

「あ、安西、待って……」

　ティッシュを探して起き上がろうとすると、佐山は俺を呼び止めた。まだ興奮冷めやらぬ頬は熱く、胸元までもをほのかにピンクに染め、息を切らしている。まだ荒い呼吸の間に、佐山がなにかをつぶやいたが、それはほとんど声になっておらず、聞き取ることができなかった。

「なんだい？」

「い、挿れて」

「うん？」

　意味がわからず聞き返すと、佐山は後ろ手をついて起き上がり、腕に引っかかったシャツを脱ぎ捨て、脚に絡まるパンツを脱ぎ去った。荒っぽいストリップに、何事かと思えば、彼は膝立ちになり、俺の汚れた手を掴んで、自身の脚の間へと導いた。それで、ようやく俺も意味を察する。

「そんな急には、無理だよ」

　佐山は未経験で、男同士だ。受け入れる器官でないそこへの侵入は、そう簡単ではないだろう。しかし佐山は「いいから」と、俺の手に自分の手を重ね、肉付きの薄い尻の谷間へと指を誘う。

　彼の吐き出した欲望で濡れた指先が、閉じたそこに触れた。縁のふわりと腫れた蕾は、軽く押すと指に吸い付き、そのままぬるりと俺の中指の先を飲み込む。思いのほかすんなりと侵入を許され、こういうものだろうか、と疑問が湧いた。しかし、俺を見つめる佐山の、満足気で、恍惚《こうこつ》とした表情に、そういうわけではないのだと気付かされる。

「安西、あんたは僕を馬鹿にしただろう。経験がないことも、潔癖だから、こんなことはできないって……」

言いながら、佐山は俺の指をさらに内側へと導く。中指の第二関節あたりまでが、その柔らかく熱い内側に入り込むと、きゅうと入り口のあたりがきつく締まった。

「僕は確かに経験がないし、潔癖だが、勉強は得意だ」

「佐山……」

「勉強した。あんたを好きで、あんたに好きになってほしいと言った以上、勉強して努力する責任が僕にはあった」

「……つまり、自分でしたのか？　調べて？　きみが？」

聞けば、佐山はむっと不機嫌そうな顔をして、「悪いか」と言った。まったく彼の勤勉《きんべん》さには、驚かされる。

「仕方ないだろ。ずっと、あんたとこうなりたかった」

性欲なんて知らないという涼しい顔の裏で、俺を想い後ろを弄っていたということだ。俺の指を咥えるその中の湿った熱さに、ぞくりと脊髄が震えるのを感じた。腹の底を重く突き上げる、それは欲情だとわかった。

俺は彼の中からゆっくりと指を引き抜く。「んん」と彼が悩ましげに呻き、内腿を震わせる。

そして不安そうな眼差しで俺を見つめる彼に、できるだけ柔らかな声で返した。

「優しくする」

彼の手を取り、その甲に恭しくキスをする。彼のいじらしい努力と、俺への想いに応えよう。

「きみの身体と尊厳を、決して傷つけないと誓うよ」

ようやく自分の上着を脱ぎ捨てると、佐山の腕が伸びてきて、俺のシャツのボタンを外していく。俺の肌を露わにすると、彼は満足げに目を細めた。現役時代の瑞々しい肉体と比べれば、いくらか衰え骨ばったが、少なくとも彼の期待に添う出来ではあるらしい。嬉しそうに振られる尻尾が見えるようだ。

「あんたに抱いてもらえなきゃ、帰れない」

佐山は熱い息を吐きながらそう言った。俺はその挑発にあえて乗る。彼の髪を撫で、全身に愛撫を送りながら、もう一度佐山をシーツへと沈めた。

形のいい足のつま先にキスをして、細長い指を口に含み、じっとりと濡らす。甲に頬ずりして、くるぶしの窪みを舌で抉るように擦ると、佐山が息を切らし、内腿を震わせた。

ふくらはぎを両掌で包むように撫で上げ、膝に口づける。立てられた膝の間から見える彼は、口を手の甲で塞ぎ、足先から緩やかに立ち上る快楽に耐えているのがわかった。先ほど一度達した彼のペニスは、もう一度芯を持ち始め、さらなる刺激を求めてぴくぴくと震えていた。

「あっ、あっ……！」

膝を割り、間に身体を滑り込ませる。内腿の敏感な皮膚を俺の髪が撫でると、くすぐったいのか、彼の腰が跳ねる。その腰をわし掴んで押さえ、下腹部を親指で擦る。そして目の前で切なく揺れる屹立の先端にキスを送ってから、口に含んだ。

「あっ、はっ、熱い……っ」

背を弓なりにしならせ、佐山がそう訴える。いやがるように俺の髪を掴んだが、つるつるした舌ざわりのペニスを唾液で包み、舌全体で裏を擦ると、その指からは力が抜けていった。

俺だってこんなことをするのは初めてだったが、佐山にとっても初めてだろう。歯を立てないよう気を付けるのが精いっぱいで技巧などなかったが、それでもよさそうな声が上がればほっとした。

そのままぬるぬると口の中で彼のペニスを刺激しながら、俺は佐山の脚の間の、その最奥で、俺を待ちわびてひくつく窄まりに指先を這わせた。緊張に彼の脚が強張ったが、それも最初だけだ。膨れた縁をなぞり、中へと指を差し込む。

きゅっと締め付けてくる入口の先を、傷つけないよう指の腹で摩り、探りながら奥を目指す。指を根元まで差し込んで撫でるように抜き差しするころに、彼のペニスを口から解放したが、うしろの違和感にも慣れてきたのか、萎えることなく勃ち上がったままだ。

「あっ、あ～～っ」

「佐山、ここがいい？」

次第に指を増やし、柔らかな腹側を撫で摩る。ある一点で佐山がひくりと息を詰め、脚を跳ねさせる。そこを重点的に刺激すると、佐山は悩ましく腰を揺らした。

「反応がよすぎる、きみ、ここも自分で弄った？」

「安西……っ！」

真っ赤になって怒鳴るような声を上げたが、否定はしなかった。「ここは？」と奥のほうを刺激すると、佐山はクソ、と小さく悪態をついた。腕で自分の顔を隠して、「そんなところは、僕の指じゃ届かない」と正直に教えてくれた。

「俺のこと、想ってしてくれたの？」

「し、した……っ、あん、あんたのキス、思い出して、……っ」

「すごいね、キスだけでできるんだ？」

「もういいから、……っ」

指を引き抜くと、入っていた指のぶんだけ口を開けた孔は、ひくひくと動いて、次に埋められる楔《くさび》を待っているようだった。

「佐山、じゃあ、こんなことしたら、きみ、今日から大変だね」

「い、いいっ、から……っ！　もう待てない……っ！」

俺は自分のパンツのフロントをようやく開いた。下着から引き出した自身は、佐山の清廉な肢体《したい》と、濃度を増す青い色香《いろか》に育てられ、すっかり熱を持っている。佐山の視線が俺の手元を見て、喉を鳴らすのが聞こえた。スケベめ、と内心彼を微笑ましく思った。

ベッドサイドの棚からスキンを取り出し、自身にかぶせる。挿れるよ、と耳に流し込み、彼の脚を抱えると、佐山は俺の首に抱き着き、小さく「うん」と鳴いた。かわいい声だ。

「んん……っ」

自分の切っ先を佐山のそこへ押し付け、ぐっと腰を進めると、誘い込まれるようにして侵入を果たす。ぎっちりと締め付ける入口を出っ張った部分が抜け、甘くぬめる内側を押し広げながら奥を目指した。

「ああ……、入ってくる……っ」

佐山の細い腰が震え、壊してしまうのではないかと不安がよぎったが、俺にしがみついたまま漏れ聞こえる声は、悦《よろこ》びに細るそれだ。

俺は身体を強張らせる彼の緊張を解くように身体中を摩ってやり、顔にいくつものキスを落とす。半分ほど入ったところで侵入を止め、しばし馴染むのを待ってから、浅い場所でゆるゆると抜き差しを繰り返した。

「あっ、は……っ、溶ける……っ、うン……っ」

ぶわ、と佐山は全身の毛を逆立て、身体からじっとりと汗を吹き出させる。佐山の中は、この青白い身体のどこからその熱が生まれるのかというほど熱く、粘膜はざわざわと蠢《うごめ》いて俺を誘惑した。もっと奥へ来いと、柔らかく誘われるのがわかる。

触ってくれとばかりに、ぷくりと立ち上がった胸の先端を押しつぶし、擦り上げると、佐山は声にならない悲鳴を上げる。その隙を見計らい、ズッと腰を押し進めた。

「ああっ、あ……っ！」

根本までぴっちりと収めると、佐山は声を上げて喉を突き出す。その喉仏に甘く噛みつき、「全部入った」と教えてやると、彼の腹がきゅんと切なく反応した。

「あ、安西……っ」

佐山は満足げにほうと息をつき、じれったそうに自ら腰を揺らした。佐山の白い脚に腰を引き寄せられた俺は彼の額に、キスをして、「つらかったら教えて」と告げる。

「つらいことなんかあるか」

佐山は涙で潤んだ目で俺を見つめ、掠れた声でそう言った。体の内側を圧迫される感覚が、少しもつらくないはずがない。だけど彼のそんな強気な素振りが、俺は最初から好きだったのだと思い出した。

「夢にまで見た瞬間だ」

「こんな夢を見てたのか？　いやらしい子だ」

佐山は慌てて「そういう意味じゃ」と言いかけたが、繋がった箇所が、甘えるようにきゅうっと締まった。

「……ふっ、きみは俺の意地悪が好きだったね」

「だから、そういう意味じゃ、な、あ、……あっ、あっ！」

小さく揺さぶったら、俺への文句は甘く溶けた。

俺はひとときわゆっくりと腰を引き、再度中へと入りこむ。引き抜くときはぎゅうと絞られ、押し込むと柔らかい粘膜に迎え入れられる、その繰り返しを念入りにして、彼の中が充分に解れるのを待った。

「あ、あ～～……っ」

スローで大きなストロークに、佐山は涎を垂らしながら細く喘いだ。その涎を舐め上げ、キスをして、溢れる生理的な涙を唇で掬い取った。

決して激しく責め立てることはしなかったが、こうしてゆっくり、じっくりと高められていく快感に、佐山がなけなしの理性を削られ、溺れていくのが見て取れる。全身を赤くほてらせ、ぴくぴくと身体のあちこちを反応させながら、腹の中で起こる摩擦に脳髄を溶かされていく。

しばらく触れていなくとも、彼の脚の中心で、その屹立は反り返り、今か今かと果てるのを待って泣いていた。

いっそ激しく揺さぶり、早く終わらせてやったほうが楽かもしれなかったが、彼の内側が俺の形に変わり、他人に与えられる熱に染められていく姿に、俺は嵐のようなセックスよりも、よほど興奮を覚えるようだ。

「あ～～っ、ううん……っ、やあ、ぁ……っ」

先ほど見つけた泣き所を掠めると、彼の喘ぎが縋るような涙声に変わる。予告通り、そこを続けざまに押しつぶすと、佐山の反応が大きくなる。俺を咥えこんだ中が蠢き、一層締め付けられ、俺の息も乱れた。

「ああっ、もう、駄目、駄目……っ」

「ここが好き？」

「好き……っ、いい……っ、でも、駄目っ！」

「駄目？」

「クセになっちゃう、から……っ、あぁ……っ、あ……っ！」

そう言われてしまったら、そこを狙わずにはいられないのが男の性《さが》だ。わざとらしくそこを抉ると、佐山は不機嫌そうに顔をしかめ、唇を尖らせる。

「また、僕ばっかり……っ！」

佐山は俺の腕を掴み、ぐっと奥歯を噛みしめてそう言った。彼なりの配慮なのだろうが、意図的に締め付けられるには強すぎる。

「あ……、……っ」

俺が声を漏らすと、佐山は心なしか嬉しそうな顔をした。目をキラキラさせて「いいのか？」と聞いてくるさまが妙にかわいくて、笑ってしまいそうになるのを必死で堪える。

「そんなに力任せにしないで、……俺のことも、優しくかわいがってくれ」

「や、優しく……？　……っ」

　佐山は難しい顔をして、力を抜いたり入れたりしながら、俺の様子を窺ってくれるが、そうやって努力しようとするさまがなお、俺には愛おしい。

「佐山、……っ」

　堪らず深くをガツンと突き上げたら、佐山は「きゃうん」と声を上げて喉を反らせる。

「今のっ、駄目だ……っ」

　いいらしいとわかり、俺は佐山の腰を支え、彼の柔らかで弱い部分を抉るように擦りながら、最奥を突き上げた。何度か連続して与えてやると、彼の脚が痙攣し、絶頂の近さを訴えてきた。

　彼を傷つけないよう、けれど欲しいものはすべて与えてやったつもりだ。理性的に見えるかもしれなかったが、俺の限界もすぐそこまできている。

「あっあっ、安西、……っ、くる……っ、……っ！」

　律動を速めると、ぐちゅ、ぐちゅ、と結合部が音を立てる。互いの身体の間で揺れる佐山のペニスを扱いてやると、彼はますます息を荒げ、しきりに「駄目」と言った。初めて知る自分に、予想だにしていなかった事態に、戸惑うからそんなことを言うのだ。

「本当に駄目？　本当は？」

「ふ、うっ、うン……っ、駄目じゃない、……っ、あ、あ……っ！」

「そう？」

「いい、いいい、好き、安西、好き、いい……っ」

「いい子だ」

彼の身体を強く抱きしめ、俺の身体を捉えた脚に敬意のつもりで指を滑らせた。「佐山、イッて」と彼の耳に囁き、俺は彼の熱くうねる淫らな内側を、ひときわ強く擦り上げた。

「……っ！　あっ、あ――……っ！」

びくっ、びくっ、と身体を緊張させ、俺と佐山の腹の間で、彼の欲望が弾ける。同時に、佐山の中にぎゅうと締めつけられ、その強烈な誘いに乗り、俺も彼の中で果てた。

「はぁ、あ……っ」

「ん、あっ……」

次第に弛緩《しかん》していく彼の中から、ゆっくりと自身を引き抜くと、佐山は鼻から抜けるような息を漏らした。余韻《よいん》のためか、ぼんやりと俺を見上げている。気付けば互いに汗だくだった。

彼を見下ろし、見つめ合い、俺もまだ、自分の身に起きた出来事に呆然としていた。こんなふうに相手を深く想い、身体を重ねたことはなかった。自分の欲をぶつけるだけでもなく、佐山さえよければいいとも思わなかった。

彼が成長し、一人前になったとき、きっと俺のそばを離れ、ほかの誰かに恋をすると想像をした過去の自分が、今では信じられない。無理だ――もう誰にも渡せないし、俺のそばを離れることも、許せそうにない。

「……もっと早くに、きみを好きだと認めればよかった」

思ったことを、そのままに口にした。佐山はそれを聞くと、ふと頬を緩め、「べつにいい」とつぶやく。

「え？」

「僕は今日でよかった、あんたを好きでいいんだって、自信をもって思えるから」

一人前には少し早いかもしれない。けれど俺に救われてばかりの自分から、彼は脱却したのだ。それどころか、その借りを返しておつりがくるほど、彼は俺のなにもかもを救ってくれた。

「……きみはいい男だよ」

俺は彼の手を引き、上体を起こさせる。そして彼の手の甲に、もう一度キスを落とした。

「……俺の頭のてっぺんから、足の先まで、すべてきみのものだ。好きにするといい。なにか望みはあるかい？」

きみの望むすべてをかなえよう。

佐山は唇を尖らせたが、それは不機嫌ではなく、どこか照れたような表情である。

「……抱きしめてくれ」

と、ぽつり要求を口にする彼の唇を一瞬で奪い取り、「仰《おお》せのままに」と返事をした。

彼の細く骨ばった身体を抱きしめ、俺たちはもう一度シーツへと身を投げたのだ。

——夢を見た。

なにもない空間に俺は立っていて、目の前には真っ黒な闇の塊があった。そこからは黒い手が伸びており、俺の足首を掴んでいる。佐山が飼っているシミの怪物である。

「……あんた、ずっと裸足で歩いていて、寒そうだと思っていたんだ」

目の前に浮かぶ闇の中から、男の声がした。佐山の声だ。

怪物の手は俺の足首を持ち上げると、もう片方の手で俺の足に靴を履かせてくれた。その靴は透明で目には見えなかったが、俺の二十九センチの足にぴったりで、軽くてよく馴染んだ。まるで、最初から自分の足の一部だったみたいに思えるほどだ。

「ありがとう、ずっと探していたんだ」

両足に靴を履かせてもらい、礼を告げると、闇は「いいのさ」と少し照れたように言う。怪物の手は俺の足を放し、闇の中に戻っていった。

「きみは？　そこから出ないのかい」

俺は尋ねた。その闇の中に、身を隠しているのだと思ったからだ。

「……外に出たいが、靴がないんだ」

闇はそう答えた。

「……靴がなきゃ、外には出られないだろう」

＊　＊　＊

目が覚めたとき、俺の腕の中で佐山が静かに寝息を立てていた。俺は彼を起こさないように身じろぎ、鳴る寸前だった目覚まし時計を止める。きっかり三分、彼の体温を抱きしめてまどろんでから、ようやく身体を起こした。

彼をこのまま眠らせてあげたい気もしたが、おそらく仕事は休みではないだろう。軽く肩を揺すると、佐山は小さく呻き、薄っすらと瞼を上げた。その目元にキスを送り、「おはよう」と囁く。佐山はぼんやりと俺を見上げて、

「慶治」

とつぶやいた。言い慣れないせいか、どこか不格好な呼び方だった。

「……ミアさんが、あんたのことをこう呼んでいた」

「うん……」

「ずるいと思っていたから、呼んでみたかったんだ」

かわいいことを言ってくれる彼の、乱れた髪を指で梳くと、それが気持ちいいのか、目を細めるのがまた愛おしい。

「悠介。朝ごはんを作ったら、食べてみるかい。簡単なものしか作れないけど」

尋ねると、シーツの上の彼の指先がぴくりと反応した。俺を見上げて黙り込む彼に、「大丈夫さ、俺しか見てないよ」と付け足し、俺は一足先にベッドから降りた。

フローリングに足の指先が触れても——もう夏も目前だ、もう氷のつるぎに貫かれるような衝撃はない。俺がその感触を噛みしめてから立ち上がると、背後の佐山が再度「慶治」と俺を呼んだ。

「……もう一度、呼んで欲しい」

佐山は枕に顔を埋め、くぐもった声でそう強請った。耳や首が赤くなっているのを見るに、すでに彼が覚醒していることは明らかである。

俺は踵を返し、佐山の上に覆いかぶさった。赤い耳に唇を寄せ、彼の要求に応える。

「……悠介。俺の愛しいプリンス、世界で一番かわいい子だ、好きだよ」

「そこまで言えとは、言ってない……っ」

可哀相なほど、ますます耳とうなじを赤くする彼を笑い、そして心から愛おしいと想った。その気持ちは新鮮で清々しく、人は生きていると、この柔らかな涼しさが胸に宿っているだけで、身体に活気が満ちていくのだと知った。

二十九センチの『Cinderella』は、部屋の窓際に置いてある。

朝の光を受けて、複雑に、なめらかに纏う色彩を変えていく、そのガラスの靴があれば、俺はどこまでだって行ける気がした。

5

その日、『新宿BLUEst』開店前の午前九時半のことだ。

俺は『Roger R』ではなく、一階ラグジュアリーフロアの『Roger Randolph』へと足を向ける。

正面から店の中に入ると、カウンターにいた蓮谷が目を丸くした。

いつも通り、なにか文句をつけようと息を吸い——そして俺の靴を見て、彼が青ざめたのを見たのだ。

「蓮谷。二十九センチの『Cinderella』だ。その意味がわかるか」

「…………っ！」

それ以上の説明は不要だった。蓮谷も馬鹿ではなく、そしてこの状況でなお開き直っていられるほどの、悪党でもなかった。俺はそのことにほっとした。

「ああ、ああ……っ」

蓮谷はやがて呻くような声をあげ、その場に力なく崩れた。そして人目もはばからず、泣き叫ぶように何度も俺に謝った。

「安西、すまない……、すまない、安西、ごめん、……っ！」

プライドが高く、今まで決して俺に対して折れることも、譲歩《じょうほ》することもなかった蓮谷が、初めて俺の前で膝を折った。

「蓮谷、俺はお前を許すよ」

数えきれないほどの侮辱の言葉も、あの日この靴を攫ったことも、そして愚かしい行いのすべてを許そう。だからもう罪の意識にさいなまれることも、悪夢にうなされる夜も過ごさなくていい。

「佐山を、返してくれるね」

ただ、それだけでいい。

蓮谷はきっと、もう一度立ち上がれるだろう。ミアの支えがある。ロジャーへの揺るぎない愛もだ。俺は蓮谷の愚かさを知っているけれど、それと同じくらい、彼の強さや図太さを信じてもいるのだ。

＊　＊　＊

七月の頭に、佐山が『Roger R』新宿店に帰ってくることが決まり、同時に岸本も店に復帰することが決まった。岸本は体調に変化がない限りは、八月末の、『Roger R』撤退までは勤務することになった。少しでもなにかあれば、すぐに仲間に訴えることを約束に、俺はそれを承諾した。

蓮谷は間もなくして、『Roger Randolph』新宿店を含むエリアマネージャーを降りることになった。それは辞退ではなく、出世が理由だ。本社勤務になるらしく、オフィスで顔を合わせる回数が増えるだろう嘉村が、いやそうな言い草で、電話で俺に知らせてくれた。

蓮谷とミアが結婚することが公になったのは、六月の下旬。ミアのSNSの写真には、婚約指輪をはめた彼女の健康的な笑顔がまぶしく輝いており、見切れた腕時計なんかで、そこに蓮谷の存在を確認することができた。

そんな折、七月の復帰を目前に、俺は佐山を自宅に招いていた。居間の椅子に彼を座らせ、「ちょっと待っていてくれ」と、クローゼットから、靴箱をひとつ持ち出した。

「なんの箱だ?」

俺は佐山の足元に跪き、その箱を開けた。

「これをきみに贈ろう」

取り出したのは、真っ白な革靴だ。

正統派の内羽根式《うちばねしき》レースアップに、個性的なデザインのウイングチップ。一部に蛇革《へびがわ》素材がアクセントに入っている。白一色のくせに個性が強く、合わせづらい。その日のコーディネイトの主役を、強烈に攫っていくだろう一足である。

「これは、俺がデザインした靴だよ。昔、ロジャーのコンペ企画でね、俺を含める当時のロジャーモデルが参加した。少し派手過ぎたのかな、残念ながらこれは商品化しなかったけど……」

デザイナーや職人と相談しながら試作品を作り、当時東京のショッピングビルの一角で展示されたのだ。この靴はつまり、試作品であり、非売品。ロジャーのモデルが考えたというだけで、ロジャーのロゴだって入っていない代物だ。それでも、

「世界に一足だけの靴だよ、佐山」

なぜ今まで、クローゼットの中で眠らせていたのだろう。まるで彼のために誂えたかのような、二十六センチ。履けたとしても、今の俺には少々若すぎるデザインだ。

これを贈る理由は、佐山には説明できなかった。いつか見た夢の中で、きみの声で喋る真っ黒の怪物が、靴がないと嘆いていたのだと告げたら、きっと驚かせてしまうだろう。

あの怪物が、この靴に救われるのかどうかはわからなかったが、俺はその靴を佐山の足に履かせた。紐を結び、指をあてて確認したが、サイズに問題はなさそうだった。

個性の強いこの靴は、佐山のすらりとした体躯や、清潔感のある顔つきに毒を仕込むような、独特のアクセントになる。なかなか悪くない、と思ったとき、ふと見上げた先で、口を開けたまま固まっている佐山の顔を見た。

気に入らなかっただろうか、と思った矢先、佐山の口が小さく動いた。

「――これだ」

「え？」

「この靴だ、安西……」

呆然と、白い靴を履いた自分の足を見つめて、佐山はそう言った。なにが、と尋ねるよりも前に、佐山の下瞼に涙が溜まるのを見た。

「世界で一足……？　商品化しなかった？　どうりで見つからないはずだ……！」

佐山は早口でそう叫ぶ。彼はこの靴を、見つからなかった靴だと言う。そしてその言葉の意味には、俺にも思い当たる節がある。

「いや、まさか……、ええっと、……本当に？」

「安西、あんたは僕をロジャーに二度呼んだ」

「――……」

唖然として、言葉を失った。

佐山は、高校の見学会で東京にやって来た中学生のころ、一足の靴に出会った。その靴は、闇を生きた佐山に差した一筋の光だった。光は彼を導き、『Roger Randolph』へ――俺の下へと運んだのだ。

そして今、本社のカタログを漁っても、決して見つかることのなかった幻の靴の正体が、俺が作った〝これ〟だと彼は言っている。

靴箱の中には、紙切れが入っていた。そこにはコンペ企画の日付が記されていた。俺がモデルを引退するよりも前の日付、試作品が東京のショッピングビルに展示される期間。この靴は、

当時のモデルがデザインしたというだけで、正確にはロジャーブランドの靴ではない。しかし、確かに印刷されている。

――『Roger Randolph』安西慶治――ブランド名と俺の名が。

そしてその紙には、当時の俺がつけたその靴の名が――『光』と、俺の筆跡で描かれていた。

コンペに参加した日本人モデルは俺だけだったから、あえて日本語でつけたのだと思い出す。

「こんなことってあるか……?」

佐山は、動揺と感動の入り混じった表情で、声を震わせた。

「あんたが好きだと、それ以外に言葉が浮かばない……っ」

若き日の、まだ無邪気でいられたころの俺が生んだ光は、九年の歳月をかけ、俺の運命を連れてきた。

「ああ……、まさか、そんな……」

佐山の顔を見上げたら、彼の表情が柔らかく綻ぶ。彼の手が俺の頬を包み、その言葉の舌触りを確かめるように「あんたが好きだ」と、もう一度愛の言葉が降ってきた。やがて優しく唇が重ねられ、俺の頬に佐山の熱い涙の粒が落ちた。

まったく、呆れるほどの運命だ。佐山の光は、最初からここにあった。佐山の行き先も、帰る先も、生きる場所もここだ。ずっとそう決まっていた。出会ってしまったそのときから、こうなることに抗えなかったのだ。

その事実にいき当たり、「ふっ」と息を漏らして笑うと、佐山は「なぜ笑う」と不機嫌に眉根を寄せる。

「だって、なんだかおかしくってさ」

「いい雰囲気が、台無しだ」

「オーケー、責任を取ろう。おいで」

すると、佐山は途端に気をよくして飛びついてくる。床に仰向けに転がされ、俺の上に跨った佐山は、すぐに唇に噛みついてきた。最初は戯れのように、やがてそれは、甘く深い、恋人のキスへと変わっていく。

それを味わいながら目を閉じ、俺はそこに浮かぶ闇に語りかける。

――シミの怪物よ、その靴を履いて出ておいで。

そして一緒に行こう。この先の未来を真っ直ぐに――美しい闇の尾を引きながら。


「……ワオ、なんだか凄みが増した」

とある平日の昼間のことだ。本社ビルの近く、先にうどん屋に入っていた嘉村は、遅れてやって来た俺を見るなり、片眉を吊り上げてそう言った。

「戻ったというべきか。いや、それ以上だな、こりゃあ」

「戻った？　……そんなに若作りかな、今日の服」

「自覚がないのか、周り見てみろ」

嘉村の正面に座り、言われた通り横目で周囲を窺う。言われてみれば、なんとなくほかの客のソワソワとした視線を感じ、落ち着かない気分にさせられた。女性から視線を注がれることには慣れているつもりだったが、以前のそれとはどこか違う。

「なあ、今日の俺、やっぱりそんなに変かな？」

七月の半ばを過ぎ、季節はすっかり夏だ。ロジャーの薄手のカジュアルスーツは、浅い色のグレーベージュ。ジャケットの襟の形状がブランドらしく、個性的なデザインではあったが、比較的落ち着いたコーディネイトである。しきりに服を気にする俺を、嘉村は「そうじゃねえだろ」と呆れたように笑った。

「噂になってた、ここ最近のお前がなんだか変わったってよ。聞いてた通りだ、妙に肌艶がいい。なんというか、あのころのオーラが戻ってきたって感じだが、あのころとはまたちょっと違う」

「へえ、どんなふうに？」

「俺にお前を、これ以上褒めさせるのか？　勘弁してくれよ」

モデルだったころのシャープさは加齢とともに失ったが、背負っていた哀愁《あいしゅう》を捨て去り、今の俺は生きるエネルギーを身体に取り戻しつつある。ついこの間まで、陰りのある笑みを浮かべていた俺を、彼はずっと気にかけてくれていたのだ。俺の変化を喜ばしく思ってくれているのが伝わり、俺は思わずにやけてしまった。

「蓮谷とのいざこざが多少解消されたってのは知ってる。けど、そのほかに、なにかあったのか」

「そうだな、好きな子が若い」

「……今度紹介しろ」

「落としたとは言ってないだろ」

「落とせてなかったらそんな顔はしねぇんだよ、お前は」

嘉村の前にうどんのどんぶりが届けられ、彼は割り箸を割りながらふてくされた様子で言った。入れ替わりで、自分の注文を済ませる。このうどん屋に来るのは久しぶりだった。

「嘉村は最近どうしてた？」

尋ねると、彼はちゅるりとうどんを啜りながら、いやそうな顔をする。

「最悪だ、蓮谷が本社勤めになったせいで、しょっちゅう出くわす。この前なんか、帰りに一緒に電車乗っちまったよ、しかもあいつから話しかけてきた」

「仲良くなりたいんじゃないか？」

嘉村は一度「うぇ」と舌を突き出して見せたが、やがて「今度、誘ってみるかあ？」と唇を歪めて言う。

「いいんじゃないか、まあ、駄目モトで」

そう返すと、嘉村は後頭部を掻いて「だな」と困ったような笑みを浮かべた。

それから彼は、「それで、相談ってなんだ?」と本題を切り出す。

「ああ、異動しようかと思っている、それで、お前に話を聞ければと」

「……異動? ……まさかとは思うが、お前がか? どこに?」

「……商品企画部」

俺の目の前にもどんぶりが届いた。俺がさっそくうどんを啜る姿を眺めて、嘉村は唇の端を吊り上げ、「へえ」と笑った。

販売の仕事がいやになったわけでは当然ない。ただ、なにか新しいことを始めるには、自分の中でいいタイミングであるように思えたのだ。

嘉村は「激戦だぜ」と俺を脅したが、俺は充分に現場を見てきたし、ブランドや商品を愛しているという自負もある。それよりなにより、今はなんとなく自分に自信があって、むしろそんな場所に自分の身を投じてみたいと思っているのだ。

異動について話を聞くと、必要な情報を集めてくれると嘉村は言った。実際に異動の可否が決まるのは、年明けが最短とのことだ。

そのあとはお互いの近況を、とりとめない雑談を交えながら報告し合う。うどんを食べ終わところ、彼は「今日は？」とこの後の予定を尋ねてきた。

「これから新宿店を見に行ってくる」

俺の清々しい顔を見て目を細めた嘉村は、「頑張ってこいよ」と俺の背中をバシンと叩き、そして俺の靴を顎で指して、「似合ってるぜ」と言ってくれた。タッセルのついた、キャメルカラーの『Cinderella』は、涼し気なビジュアルと軽やかな履き心地で、夏の季節にマッチするのだ。

――『Roger R』新宿BLUEst店は、八月末に閉店する。

俺は『Roger Randolph』のエリアマネージャーに戻り、佐山、小端はそれぞれべつの店舗に配属が決まっていた。岸本は子どもを産むためしばらくは休職、森田は転職活動を開始したとのことだ。ロジャーブランドを離れることになると思うが、今度は正社員を目指すのだという。

八月が終われば、みんなバラバラになる。それなのに――だからだろうか。店の中では、誰ひとりとして鬱々とした表情は浮かべず、彼らのその横顔は輝き、店に活気を与えてくれる。

寂しくなるはずだ。けれど離れ離れになることが、終わりではないのだと、彼らはきちんと知っている。そして今は、残り僅かな時間を、精いっぱいロジャーのために、佐山のために、そして、自分自身のために働くことを選んでくれたのだ。

小端清人は、おそらく俺と佐山の関係に勘づいている。時折意味深な視線を送ってくるのは、彼の愛嬌に免じて許してやるとして、俺は小端が佐山に妙な入れ知恵をしないよう、釘だけは刺しておかなければと思うのだった。

森田めぐみは、この店に来てからひとつ大人になった。社会人として、大人の女性として、いくらか背筋が伸びたように見える。感情表現豊かで、店のムードメーカーであった彼女こそ、最初に寂しいと言い出すのではないかと思っていたが、彼女こそが最後までそれを言わなかった。

岸本貴恵は、顔つきがどこか優しく柔らかくなった。俺はそれを、母親になるからだと思ったのだが、妊娠がわかったあと、煙草をやめたせいで食事がおいしくなり、太っただけだと、彼女はチャーミングなジョークで答えた。

そして佐山悠介は——相変わらずだ。

ぎこちない接客が成熟するのには、もうしばらく時間がかかるだろう。服のコーディネイトは危なげがなくなり、柔らかな笑顔を見せることも増えたが、ひとたびカウンターの中に入り、本社からの資料や数字のデータに視線を落とすと、つい不機嫌そうな顔をする。

「——ところで佐山、今夜の予定は？　食事でもどうだい」

俺はそんな彼に、誘いをかけた。むっと突き出されていた唇が引っ込んで、彼は唇をむずむずと動かした。

「いい店を知っているんだ。古民家風の居酒屋でね、俺によく似た女将がいて、和食が美味く、その上リーズナブルだ。なにせ俺と行くと家族割がきく」

「……付き合ってもいい」

高飛車《たかびしゃ》なセリフを吐いてすぐに、彼はふっと声を漏らして笑った。

「その顔で接客しなさい」

「ああ、うん、そうだ。つい」

佐山はくすくすと笑うと、資料を置いてカウンターを出る。ガチャガチャと賑やかな商品が立ち並ぶ『Roger R』に立つ佐山は、ぴんと背筋を伸ばし、美しく顎を引いて見せた。

「ずっるうい、俺も安西さんと飲みに行きたい！　しかも佐山と飯なんて、レアじゃないですか？」

べったりと俺の腕に巻き付いてきた小端の額をペチンと叩いて、「また今度な」と宥める。最近の佐山は、俺の前でも少しずつものを食べられるようになったが、小端を交えて楽しく食事をするには、もう少し訓練が必要だ。

「佐山、けっこうかわいい食べ方するんだよ、なんだかリスみたいなさ」

そう教えてやると、小端は「ふうん」と声を漏らし、俺を見てニヤニヤと笑った。俺はそんな彼の額をもう一度叩き、「もう行け」と追い払う。

「すみません、その靴って……、ありますか？」

ふと、若い女性に連れられて入って来たひとりの男性客が、佐山の靴を指差して、そう尋ねたのが聞こえた。内羽根式レースアップに、個性的なウイングチップ。蛇革素材がアクセントの、真っ白な革靴だ。

――お客様、申し訳ございません。この靴は、世界にたった一足しかないのです。

そう。それは佐山悠介だけが履くことを許された、闇を切り裂き、夜を千切る靴。

きみを導く、光の靴だ。

End.

■あとがき■

初めまして、またはこんにちは。千地《せんち》イチです。

執筆中に、ラグジュアリーの販売に転職したばかりだという女性と偶然知り合い、初対面なのについ「なんで転職したの?」「キャリアってどうやって積むの?」「今後どうなりたいと思ってる?」等、あれこれと突っ込んだことを聞いてしまい、かなり狼狽《ろうばい》させてしまいました。とっても反省しています。

さて、過去作でも登場人物のファッション描写は好きでよくやっていましたが、今回はいよいよアパレル業界でのお話を書かせていただくことができました。

ラグジュアリーということもあって、お洒落で高級感のあるハンサムを出そう、と出来上がった安西《あんざい》ですが、彼のような生活感のないしゃらくさい男が、年下童貞問題児の佐山《さやま》にズルズルと嵌っていく姿は、「あはは、ざまあみろ!」という気持ちで楽しく書くことができました。べつにお洒落ハンサムに恨みがあるわけではないのですが(笑)。

そんな安西を振り向かせる佐山ですが、クールに見えて直情型、優秀だが世間知らず、積極的で真っ直ぐだが恋愛音痴。そんな彼の、どこかズレた思考回路と言動の中にある人間らしさや、ときに相手を顧《かえり》みない潔さは、人との距離をうまくとりながら生きることに長《た》けていた安西にとって、とても強烈な存在になりました。

　ふたりが出会わなかった場合でも、きっと彼らはそれぞれの道を〝それなり〟に生きることができただろうと思います。けれど出会ったことで、互いが〝それなり〟に生きることを、いい意味で許さない関係になりました。

　今後の人生を溌剌《はつらつ》と生きていくだろう彼らを思い浮かべると、ふたりともお上品な見た目に反して、随分とエネルギッシュなカップルに育ったものだと、なんだか感慨深く思えます。


　終わりに、担当様、今回も益々のご配慮をいただき、感謝しております。執筆中、つらい状況もありましたが、毎度楽しい打ち合わせが心の支えでした。

　小椋《おぐら》ムク先生、素晴らしいイラストをありがとうございました。終盤の作業は、安西&佐山の美しい横顔のイラストを手元に飾っていたおかげで頑張れました。

　そして本作をお手に取ってくださいました読者の皆様、本当にありがとうございました。少しでも楽しんでいただければ幸いです。

千地イチ

初出
「不機嫌なシンデレラ」書き下ろし

CHOCOLAT BUNKO

この本を読んでのご意見、ご感想をお寄せ下さい。
作者への手紙もお待ちしております。

あて先
〒171-0014東京都豊島区池袋2-41-6
第一シャンボールビル 7階
(株)心交社　ショコラ編集部

不機嫌なシンデレラ

2018年2月20日　第1刷

著　者:千地イチ
発行者:林 高弘
発行所:株式会社　心交社
〒171-0014　東京都豊島区池袋2-41-6
第一シャンボールビル 7階
(編集)03-3980-6337 (営業)03-3959-6169
http://www.chocolat_novels.com/
印刷所:図書印刷 株式会社

ファミリー・レポート

一咲

イラスト・ひなこ

お前の言葉で俺を口説き落としてみろよ。

歯に衣着せぬ性格が祟り不当解雇された春樹は夜の公園で一人家族の帰りを待つ幼い女の子・葵を見かけ保護する。翌日、迎えに現れた父親の水野を責めると自分は救命救急医で滅多に家に帰らず、妻が離婚届を置いて出て行ったという。呆れる春樹に彼は前職と同額だすから家政夫をやってくれと持ちかけた。葵が可哀想で引き受けるが、水野は顔と仕事は完璧な反面、言葉足らずで無愛想、その上、家事も子育てもできないポンコツ人間で…。